문학과지성 시인선 589

촉진하는 밤

김소연 시집

문학과지성사

문학과지성사에서 펴낸 김소연의 시집

극에 달하다(1996)
눈물이라는 뼈(2009)
수학자의 아침(2013)

문학과지성 시인선 589
촉진하는 밤

초판 1쇄 발행 2023년 9월 14일
초판 4쇄 발행 2024년 10월 24일

지은이 김소연
펴낸이 이광호
주간 이근혜
편집 김필균 이주이 허단 방원경 윤소진 유하은
마케팅 이가은 최지애 허황 남미리 맹정현
제작 강병석
펴낸곳 ㈜문학과지성사
등록번호 제1993-000098호
주소 04034 서울 마포구 잔다리로7길 18(서교동 377-20)
전화 02)338-7224
팩스 02)323-4180(편집) 02)338-7221(영업)
대표메일 moonji@moonji.com
저작권 문의 copyright@moonji.com
홈페이지 www.moonji.com

© 김소연, 2023. Printed in Seoul, Korea

ISBN 978-89-320-4210-7 03810

이 책은 서울특별시, 서울문화재단 '2021년 창작집 발간 지원사업'의
지원을 받아 발간되었습니다.

문학과지성 시인선 589

촉진하는 밤

김소연

시인의 말

우리는 너무 떨어져 살아서 만날 때마다 방을 잡았다.
그 방에서 함께 음식을 만들어 먹었고 파티를 했다.
자정을 훌쩍 넘기면 한 사람씩 일어나 집으로 돌아갔지만,
누군가는 체크아웃 시간까지 혼자 남아 있었다.
가장 먼 곳에 사는 사람이었다.
건물 바깥으로 나오면
그 방 창문을 나는 한 번쯤 올려다보았다.

2023년 9월
김소연

촉진하는 밤

차례

시인의 말

1부

1부

흩어져 있던 사람들

선생님 댁 벽난로 앞에서 나는 나무 타는 소리를

듣고 있었다 누군가 사과를 깎았고 누군가

허리를 구부려 콘솔 위의 도자기를 자세히 보았다

소나기가 내리기 시작했다 나무 타는 소리가

빗소리에 묻혀갔다 누군가 창 앞으로 다가가

뒷짐을 지고 비를 올려다보았고 누군가

그 옆으로 다가갔다

뭘 보는 거야?

비 오는 걸 보는 거야?

선생님 댁 벽난로에서 장작 하나가 맥없이 내려앉았다

다 같이 빗소리 좀 듣자며 누군가 창문을 활짝 열었다

그때 말벌 한 마리가 실내로 날아들었다

누군가 저것을 잡아야 한다고 소리쳤지만 모두가

일제히 어깨를 움츠렸다 처마 밑에 벌집이 있는데요?

119를 불러서 태워야 하지 않을까요?

누군가 선생님을 처마 아래로 불러 세웠고 누군가는

날아다니는 말벌만 쳐다보았다

겨울이 되면 말벌이 떠나고 빈집만 남는댔어

가만히 기다리면 적의 목이 떠내려온다구

선생님 댁 벽난로에서 나무 타는 소리가 다시

들리기 시작했다 누군가 내 옆에 와 앉으며

말벌의 독침은 연사가 가능하다고 말했다

그 옆에 다가와서 누군가는 어린 시절 벌에 쏘인

이야기를 했다 선생님은 2층으로 올라가서

벌집을 들고 내려왔다 이건 작년 겨울에

처마 밑에 있던 거야 조금만 기다리면

저 벌집도 내 차지야

벌집은 정말로 육각형이었다

까끌까끌했지만 보석 같았다

근데 말벌은 어디 있지?

뿔뿔이 흩어져 있던 사람들이 벌집을 에워싸며

처음으로 가까이 모여들었다

모두의 얼굴을 둘러보며 선생님은 빙그레 웃었다

말벌이 나타나지 않았으면 어쩔 뻔했어?

선생님은 2층에 벌집이 하나 더 있다며 다시

2층으로 올라갔다

며칠 후

며칠 후에 나는 서울에 간다. 자전거를 타고서 자전거를 타고 갔던

지난번을 기억하면서. 그때는

흘러내리는 목도리를 다시 목에 감으며 찬바람을 맞았지.

역 앞에서 자전거에 자물쇠를 채우고 부재중 전화를 확인했었지.

그때 누군가의 부음을 들었다.

오래 서 있었다.

추웠지만 잘 몰랐다.

며칠 후부터 그 역은 운행이 중단되었다.

가던 곳에 가려면 우선 서울을 경유해야 했다.

며칠 후에 나는 읽던 책을 다 읽는다. 다음 챕터는 「비중에서 가장 이상한 비」이다. 한 페이지에 담긴 광활한 시간을 방바닥에 펼쳐놓고 바라본다.

그러다 참고 문헌에 적힌 또 다른 책을 읽겠지. 안경을

쓰고. 또 잠시 안경을 벗고.

책을 읽는 동안에 우리 동네 재개발이 확정되고 애청
하던 드라마는 끝나가고

무언가를 챙겨 먹고

조금만 더 그렇게 하면 예순이 되겠지.

이런 건 늘 며칠 후처럼 느껴진다.

유자가 숙성되길 기다리는 정도의 시간.

그토록이나 스무 살을 기다리던 심정이

며칠 전처럼 또렷하게 기억나는 한편으로

기다리던 며칠 후는

감쪽같이 지나가버렸다.

며칠 후엔 눈이 내리겠지.* 안 내린다면 눈이 내리는
나라로 가보고 싶겠지.

지난번에 가보았던 그 숙소 앞 골목에서 눈사람을 만
들겠지. 눈사람에게

목도리를 둘러줄지 말지 잠시 머뭇거리겠지.

너무 추웠고
너무 좋았던 기억으로 남을 것이다.
집에 돌아와

유자차를 마셨다. 목도리를 찾아 헤맸으나 찾지 못했다.
서울에 가서 친구를 만나야 하는데 목도리가 없네 했다.

* 프랑시스 잠의 시 「며칠 후엔 눈이 내리겠지」(시선집 『가장 아름다운 괴물이 저 자신을 괴롭힌다』, 김진경 외 옮김, 읻다, 2018)에는 "레오폴드 보비에게"라는 부제가 붙어 있는데, 레오폴드 보비가 답시를 적는다는 마음으로 이 시를 적어보았다.

들어오세요

너는 들어오지 마—
그 안으로 들어간 누군가가 외쳤고
나는 잠에서 깨었다

이불을 걷고 거실로 나와
찬물 한 컵과 마주하여 앉았다
창 바깥에는 사다리차가
누군가의 세간살이를 분주하게 나르고 있었다

찬물이 식어가는 동안에
찬물을 마시지 않았다

파란 박스가 네 개씩 포개어져 누군가의 거실로
차곡차곡 운반되는 것을 지켜보았다
누군가는 곧 이웃 사람이 될 것이다

너는 들어오지 말라던
그 안을 나는 알지 못한다 아무리
생각해보아도 알 길이 없다

그럼에도 불구하고
그 안으로 들어가 나에게 남긴 한마디를

나는 모두 이해하고 있다
그래서 찬물이 식어가고 있다

세수를 했다
흰 비누 거품으로 칠해진 얼굴을
거울을 통해 바라보았다

이 얼굴은 한 번도 진심으로 미워해본 적이 없다
악몽이 보호하고 싶어 하는
나를 나는 물끄러미 바라보았다

이사 왔어요—
인터폰 화면 속에 누군가의 얼굴이 채워져 있다
현관문을 열었다 찬바람이 안으로 쏟아졌다

촉진하는 밤

열이 펄펄 끓는 너의 몸을
너에게 배운 바대로
젖은 수건으로 닦아주느라
밤을 새운다

나는 가끔 시간을 추월한다
너무 느린 것은 빠른 것을 이따금 능멸하는 능력이 있다

마룻바닥처럼
납작하게 누워서
바퀴벌레처럼 어수선히 돌아다니는 추억을 노려보다
저걸 어떻게 죽여버리지 한다

추억을 미래에서 미리 가져와
더 풀어놓기도 한다
능멸하는 마음은 굶주렸을 때에 유독 유능해진다

피부에 발린 얇은 물기가
체온을 빼앗는다는 걸

너는 어떻게 알았을까

내가 열이 날 때에 네가 그렇게 해주었던 걸
상기하는 마음으로
밤을 새운다

앙상한 너의 몸을
녹여 없앨 수 있을 것 같다
너는 마침내 녹을 거야
증발할 거야 사라질 거야
갈망하던 바대로
갈망하던 바대로

창문을 열면
미쳐 날뛰는 바람이 커튼을 밀어내고
펼쳐둔 책을 휘뜩휘뜩 넘기고
빗방울이 순식간에 들이치고
뒤뜰 어딘가에 텅 빈 양동이가
우당탕탕 보기 좋게 굴러다니고

다음 날이 태연하게 나타난다
믿을 수 없을 만치 고요해진 채로
정지된 모든 사물의 모서리에 햇빛이 맺힌 채로
우리는 새로 태어난 것 같다

어제와 오늘
사이에 유격이 클 때
꿈에 깃들지 못한 채로 내 주변을 맴돌던 그림자가
눈뜬 아침을 가엾게 내려다볼 때

시간으로부터 호위를 받을 수 있다
시간의 흐름만으로도 가능한 무엇이 있다는 것
참 좋구나

우리의
허약함을 아둔함을 지칠 줄 모름을
같은 오류를 반복하는 더딘 시간을
이 드넓은 햇빛이

말없이 한없이
북돋는다

이 느린 물

이 시의 마지막은 이렇게 끝났다;
밖에는 고통이, 이 느린 물이,
이 치명적인 물이, 죽음의
자매가 내리는데,
                    당신은 잠이 오나요?*

그녀는
커튼을 들추고
창문 앞에 서서

잠을 이루지 못하는 창문 하나를 마주했다
아무것도 없는 것만 같은 적막 속에서
잠들지 않은 한 사람을 상상했다

저 사람은 불만 켜둔 채로 깊이 잠든 걸까
불이 꺼진 어떤 방에도 잠들지 못한
누군가가 있을까

그녀는

언제나 잠이 오지 않던 사람

어쩌다 단잠을 잔다면 가장 큰 행운을 얻은 듯

그것만으로 충분했던 사람

충분하다는 건 기쁘다는 것과 좀 달랐다

그녀는 완전하게 기뻐해본 적이 단 한 번도 없었다

모든 일에서 분노를 잔향처럼 느꼈다

그녀는 단 하루도

죽음을 떠올리지 않은 적 없었다

평생 동안 사랑해온 단 한 명을 대하듯 했다

그녀의 방에서만큼은

아무것도 아닌 그녀가 조용히 슬리퍼를 끌고

먹을 것을 챙겨 먹으며

다만 자기 자신을 위해 시를 썼다

약간의

약간의

아주 약간의 웃음 속에서
맹렬히
맹렬히
거의 모든 것과 맞서다가

그 방에서
더 깊은 안쪽으로 들어갔을 때
이대로 고요히 사라지고 싶다고 혼잣말을 했다

안쪽으로
안쪽으로
뱅글뱅글 파고들고 파고들고 파고들다가

그것이
사랑을 시작하는 얼굴이란 걸
알아챌 때도 있었다

* 가브리엘라 미스트랄, 「느린 비」, 나혜석·에밀리 디킨슨 외, 『슬픔에
  게 언어를 주자: 세계 여성 시인선』, 공진호 옮김, 아티초크, 2016.

접시에 누운 사람

너는 접시에 누워 있었다

누군가 네 옆에 와서 누웠다
너는 모로 누워 있었고 누군가가 등 뒤에 있었다

등으로부터 체온이 전해질 때에
너의 따뜻함 역시 그쪽으로 흘러가는 것을 너는 알게
되었다

누군가 접시에 물을 부어주었다
너는 물에 떠 있었다 어딘가로 흘러가지는 않았다

헤엄치고 싶었지만
헤엄쳐 갈 데가 없었다

눈을 감고 있다 잠이 들었다
한기가 찾아왔다

시간이 드넓게 펼쳐질 때

너에게로부터 시간이 파문을 만들어 물결쳐 갈 때

바다 위에 누워
천천히 천천히 망망대해 한가운데로 흘러가버리길 기
다리듯이

물이 다 마르고
너의 얼굴과 손발과 팔다리가 다 마르고
등이 말라갈 때에

너는 접시에 누워 있었다
마른 바닥에 등이 닿자 너는 살 만하구나 했다

아주 작은 자갈이 옆에 놓여 있었다
언젠가 강가에서 네가 주웠던
달걀처럼 갸름하고 맨질맨질했던 검은 자갈

너는 누군가 또 물을 부어줄 것을 기다렸다
기다렸다기보다는 일어난 일이 또 일어날 것이라 여

겼다

　이번에는 헤엄을 쳐보아야 한다
　잠수를 하는 것도 괜찮을지 모른다
　자갈을 두고 가지는 않을 것이다

　너는 접시에 모로 누워 자갈을 꼭 끌어안고 쓰다듬
었다
　누군가를 기다렸다 물이 콸콸 접시를 채울 것을 기다
렸다
　나는 접시를 두 손에 들고 천천히 늙어갔다

그렇습니다

응, 듣고 있어
그녀가 그 사람에게 해준 마지막 말이라 했다
그녀의 말을 듣고 그 사람이 입술을 조금씩 움직여 무
슨 말을 하려 할 때
그 사람은 고요히 숨을 거두었다고 했다

다른 이야기를 하다가 그녀는
다시 그 이야기를 했고 한참이나 다른 이야기를 하다
가 또다시
그 이야기를 반복했다

다른 말을 했어야 한다고 그녀는 여기는 듯했다
겨우 그런 말이 그 사람과의 마지막 말이라는 것을 안
타까워하는 듯했다
그것 때문에 그 사람의 마지막 모습을 자꾸 생각하게
되는 듯했다

나는 다른 이야기를 기다리고 있었다
테이블 위에 비친 우리의 머그잔과 머그잔 속 커피에

비친
등불 같은 것을 바라보고 있었다

응, 듣고 있어
응, 듣고 있어
그녀에게 이 말을 하면서 나는 자꾸 다른 곳으로
흘러가고 있었다 그녀의 목소리가 들리지 않을 정도로

먼 곳으로 가게 되었을 때 그 사람과 나는
나란히 앉아 그녀를 안타까이 바라보며 입술을 열었다
그 사람이 그녀에게 꼭 하고 싶은 말이 있다고 했다

응, 듣고 있어
그녀에게 들리든 들리지 않든
그 사람과 나는 그녀에게 이 말을 해놓고서 기다렸다
그녀가 한 번쯤 이쪽을 보기를 기다리고 있었다

2층 관객 라운지

오늘은 화분의 귀퉁이가 깨진 걸 발견했는데
깨진 조각은 찾지 못했다

돌돌 말린 잎을 화들짝 펴고 있는 잎사귀들
하얗게 하얗게 퍼져 나가는 입김들

만약에……
만약에 말이야……

이 생각을 5만 번쯤 했더니
내가 만약이 되어간다

생각을 너무 많이 하다가
내가 생각이 되어버린다

문을 열어
먼지처럼 부유하는 생각들을 손바닥에 얹어
벌레를 내보내듯 날려 보냈다

어둠 속에 손을 넣어
악수를 청한다

과학자의 '모릅니다'는
설명이 가능한 이론을 갖고 있지 않기 때문이며

긴 병을 앓고 있는 사람의 식탁 옆 조제약 봉투들처럼
수북한 것
기계의 뒷면으로 기어 들어가 헝클어진 선 정리를 시
작하는 것

질문에 대해 답을 하지 않아도 돼
질문에 대해 답을 해보려 노력하다가 다른 진심을 전
달해도 돼

그럴듯함과
그러지 못함과
그럴 수밖에 없음에 대하여

모두가 듣고 있다고 외치는 바람에

외치던 사람도 계속 외치고 듣는 사람도 외치기 시작
하고……

듣기만 하는 사람 더 이상 없음

우리의 활동

나는 네 흉터를 오래 바라보았다
충분히 아물었지만 조금 더 진전이 있어야 할 것 같은
둥근 영역

정확히 그 흉터가 있는 위치에 타투를 새긴 사람이 있
었기에
나는 그 사람의 이야기를 꺼내며
마주 앉은 시간을 열었다

전과 편육, 냉채와 절편을 사이에 두고
내 앞에 놓인 뭇국에 숟가락을 넣는다

좀 어떠하냐고,
모든 게 나쁘다고,
모든 게 다 좋다는 말보다는 낫다고,

무슨 묵념을 그리 오래 했느냐는 질문에
하늘에서 너를 안전하게 지켜달라 빌었다고 답했는데
적의는 전혀 없었으나 행여나 적의로 읽을까 봐 버릇

처럼 말끝을 흐렸다

매사에 입술을 열 때마다 애를 써야 한다
선의와 호의를 두 배 세 배 열 배로 담기 위해서
그래야 마음이 조금이나마 전해지니까

슬픔을 나누기 위해서 달려왔으나
우리가 나누는 것은 축복일지도 몰랐다
설사 간간이 울먹인다 해도

우리는 띄엄띄엄 대화를 잇는다
너의 뒤쪽에 앉은 사람들이 차례차례 사라진다
윤곽만 겨우 남은 지난 일화가 손끝에 잡혔다가 바스
라져간다

지금 생각하면 그런 일들은 그저 그런 일이었다고
이제는 설령 천사와 싸우게 된다 해도
감당할 수 있다고

테이블 위에 놓인 빈 그릇들 사이가 척력으로
멀리 저 멀리 밀려 나가는 것을 내려다보면서

나는 너를 좋아하고 있다
튼튼하고 둥근 올가미를 두 손에 들고서
검고 깊은 볼모로서

분멸

    그녀는 성냥을 한 장 사진의 꼭짓점에 가져다 대었다
불이 붙었다 세 장의 사진을 불 속에 던졌다 열 장의 사
진 스무 장의 사진 혼자서 찍은 사진 모두 함께 찍은 사
진 들이 불길 속에서 그녀의 얼굴들이 불길 속에서 일그
러졌다 아기였던 얼굴 청년이었던 얼굴 면사포를 쓴 얼
굴 눈을 감은 얼굴 들이 불길 속에서 잠시 환했다가 금
세 검은 재가 되었다 얼굴이 지워졌을 뿐인데 생애가 사
라지는 것 같군 사라지는 걸 배웅하는 것 같군 불길 같은
이런 기쁨 조용하게 출렁이는 이런 기쁨 정성을 다해 추
락하는 황홀한 기쁨 검정 같은 깨끗한 기쁨 불 속에서는
재가 된 것과 재가 되기를 기다리는 것 두 가지만 남겨져
있었다 입에는 말이 들어 있지 않았으나 눈에는 불이 담
겨 있었다 주문진의 바다와 노고단의 구름과 비둘기호의
창문 바깥이 차례차례 깨끗하게 타들어갔다 사진에 담아
보았을 리 없는 그녀의 작은 미래가 빨간 불씨처럼 남아
있었다 그 불씨들마저 꺼졌을 때 완전한 암흑이 찾아왔
다 그녀가 오래 기다려온 장면이었다 그 속에서 그 안을
다 볼 수 있을 때까지 온기마저 모두 사라질 때까지 혼자
남았다는 것을 더 이상 모른 척할 수 없게 되었을 때까지

앉아 있었다 그녀는 남은 성냥을 호주머니에 넣어두었다

누가

비밀번호를 입력하고 현관문을 열고 운동화를 벗던 그 순간에. 가방을 책상 옆에 두고 옷을 갈아입고 세면대 앞에 서서 화장을 지우는 순간에. 나는 i가 되어갔다. i처럼 살고 싶다고 생각한 적은 많았지만 i가 되고 싶은 적은 없었다. i의 표정을 좋아했고 i의 살랑거리는 뒷모습을 좋아했지만 i가 되고 싶은 적은 없었다. i가 되었는데 저녁밥으로 비빔국수를 먹어도 될까. 많이 맵게 양념을 해도 될까. 비빔국수에 삶은 계란을 올려도 될까. 얼음을 넣어도 될까. 나는 i가 되었는데 좀비가 나오는 미드를 보아도 될까. 나는 i가 되었지만 i를 잘 알지만 i답지 않아도 될까. 나는 i니까 지금 i의 생각을 내가 하고 있는 것은 아닐까. 이 밤에 아이스커피를 마시면서. 영화 속의 노파가 하는 말에 내 마음이 미어질 때에. 눈을 감고 누워 있다가 잠의 길목에서 얼핏 새 한 마리가 보일 때에. 새는 i의 목소리로 말을 하고 내 목소리가 저렸단 말이야, 나도 새의 목소리로 웅얼거릴 때에. 어디에서 비롯되는지 모를 냄새가 코끝을 스칠 때에. 그 냄새에 아문 기억이 퍼뜩퍼뜩 날아오를 때에. 누군가 i의 안부를 묻는 문자를 보내왔다. 답장은 뭐라고 보내야 하지? 토마토를 먹고 있다고 말하

면 어떨까. i는 내 앞에 서서 고개를 열심히 끄덕이며 씨
익 웃었다.

에필로그

폭죽을 하늘 높이 쏘아 올리는 사람들을 보고서
나는 해변에서 걸어 나왔다
두 팔을 곧게 뻗은 두 사람과 점점 멀어질수록

퍼져 나가는 불꽃이 더 잘 보였다

검은 개가 행인들을 향해 달려갔다
행인들의 다리 사이를 검은 개가 뛰어다녔다
주인이 큰 소리로 제 이름을 부를 때까지

잿빛 파도 속에서
검은 슈트를 입고 서핑을 하고 있는 사람은
검은 점처럼 부유했다

저 먼 구름 사이로 햇빛이 쏟아졌고

지평선에서만 윤슬이 황금색으로 빛났다
수북하게 쌓인 쑥갓과 유부 속에 젓가락을 담그면
윤슬 아래 하얀 면발이 꿈틀거렸다

국물까지 다 마셨을 때에야

폭설이 그쳤다

그 많던 발자국이 전부 지워졌다

레일만 남겨져 있었다

내가 앉았던 의자도 함께 남겨졌다

월몰

12월의 바다는 평균 10도의 수온을 유지했다

일몰은 오후 5시 30분 이전에 시작되었지만 월몰은 날
마다 달랐다

이것은 100년 전과 변함이 없다

횟집이 생기고 호텔이 생기고 간이역이 사라지고 어민
이 사라지는 동안

편지를 썼다 지우고 다시 썼다 다시 지웠다

'무한한 애정을 담아'

라고 썼다

오늘은 해보다 달이 먼저 떴고

오늘은 해보다 달이 먼저 졌지만

폭설이 쏟아져도 기차는 정상 운행을 했다

이것 역시 100년 동안 변함이 없었다

북서풍이 불어오고 창문을 닫아걸고 하루에 세 번씩

바다가 갈라지고 길이 생기는 동안에

아는 사람이 다큐에 등장했다
7월의 여름 음식 편이었다

그녀는 문맹이었다
그녀는 한글을 배워 기차역에 나가 시간표를 읽었다
태어난 지 100년 만에 알고 싶은 것을 알게 되었다

나는 답장을 기다리고 있다
기다림을 유지하는 동안에 도요새가 돌아오거나 알래
스카로 다시 날아가는 동안에
몇 번의 월몰을 더 볼 수 있을 것이다

가장자리

바로 오늘이야

라고 읊조리며
가느다란 눈매로 먼 데를 한참 보았을
사무라이의 표정을 떠올려본다

수평선이 눈앞에 있고
여기까지 왔고
돌아가고 싶지는 않았다

햇살에도 파도가 있다
소리는 없지만 철썩대고 있다
삭아갈 것들이 조용하게 삭아가고 있었다

이제 막 사람들과 헤어져 혼자가 되었다

준비해 간 말들은
입술로부터 발생되지 않았다
식은땀이 되어 방울방울 흘러내렸다

머리통을 덮은 머리카락의 가장자리가 젖어갔을 때

눈앞에 있는
냅킨을 접었다
접고 다시 접었다

모서리에 모서리를 대고
또 접었다

내가 어쩌다 여기 서 있는 걸까
오늘은 무슨 요일일까
생각하지 않으면 생각나지 않는다

기도하는 소리가 저 멀리서
스프링클러의 물방울처럼 번지고 있다
빛이 퍼지는 각도로 비둘기가 날고 있다
검은 연인이 그늘 속에서
어깨를 기대고 낮잠을 잔다

여긴 어디예요? 공손하게 질문을 던진다

보디랭귀지를 하니
춤을 추는 기분이 든다
다 왔구나 싶어진다 여기가 어디든 간에

동굴

이쪽으로 가봐
내가 가리키는 쪽으로 계속해서 가다 보면

있어,
분명히 있어,
보일 거야,

땀 없는 무더위처럼 계산대 없는 가게처럼 목줄 없는
강아지처럼
　슬픔 없는 울음이
　슬픔이 한 톨도 필요 없는 울음이

잘 들어봐,
들릴 때까지,
그 울음에 춤을 춰봐,

이미 도착했다고?
너무 조용하다고?
춤을 출 순 없다고?

가져와보겠다고?

더러워?

만지지 못할 정도야?

내가 갈게 가서 들을게 내가 가서 더러워질게

조금만 기다려봐

너는 거기서

울음을 주머니 가득 넣고 모자처럼 머리에 쓰고 목도

리처럼 친친 두르고

등에 업고 가슴에 안고 둥실둥실 떠오르고 있었다

울음이 너무 많네

너무너무 많아져버렸네

전부다 울음이 돼버렸네 이렇게나 조용히

울음을

슬픔이 한 톨도 필요치 않는 울음을

주섬주섬 집어 들다가 나는

너를 올려다보았다

더러워진
정말로 더러워진 너는
씨익 웃으며 나를 내려다보았다

여기에 있자
그래 그냥 그러자
그래야겠다

처음 시작하는 호신술

오늘 유독 말이 없는 관엽식물
어제도 말을 삼갔던 관엽식물

커피가 반 잔 남았다
더는 뜨겁지 않을 것이다

그 물건이 비비드한 것은
진짜처럼 보여서는 안 되기 때문이다
강렬하게 가짜임을 증명하며 지내야 하는

사자와
거위와
악어의 모가지를
입에 물고 돌아다니는

개가 집에 온 이후로
싱크대 앞에서 식칼을 잡을 때마다
무서운 상상을 하게 된다고
친구는 말했다

개는 싱크대 앞에 꼭 붙어 있고
만약 손에서 땀이 난다면 실수로 식칼을 떨어뜨린다면

꼭 쥐고 있으려고
놓치지 않으려고

햇빛이
커튼의 엄호를 푼다

관엽식물이 커다란 새잎을 절반 정도 펼친다
해마다 그래왔다
약속을 지키듯이 보란 듯이

문워크

텅 빈 종이 봉지가 유유히 날아간다 텅 빈 주차장을 만
끽하는 것 같다
저쪽 끝에서 이쪽 끝까지, 몇 번의 스텝으로 유유히
"뭐 하니" 하고 나에게 다가오는 것 같다
그리고 저녁이 내려오고 있다

보였던 것들이 하나씩 지워지고 있을 뿐인데도 무언
가가
끝나고 있다는 생각을 하게 된다

뒤로 걷고 싶다
차차 누군가를 지나치고
차차 누군가의 등을 잠시 바라보고
차차 누군가가 멀어지고
차차 사라지는 것을 바라보면서

누군가가 두 팔을 벌린 채
내 등을 안아주려고 서 있는 데까지
무사히 도착하고 싶다

그는 저 멀리에서 나를 지켜보고 있다

"그쪽으로 가지 말고 이리 와봐" 하면서

영원히 나를 기다린 것 같다

물론 앞으로 걸어도 좋을 것이다

기다리는 사람은 멀리 있고 그를 조금 더 모른 척한다
고 해서 달라지는 건 없을 것이다

물론 좋을 것이다 앞으로 걷는 게 덜 우스꽝스러울 테
니까

나는 대체로 눈앞에 있는 사람에게 좋은 사람이 되고
싶어 했고

그래서 대체로 혼자 있고 싶어 했으니까

지금부터 뒤로 걷는 거다 부드러운 스텝으로 저쪽 모
퉁이까지 그리고 모퉁이를 돌아

구두를 벗고 재킷을 벗고 콧수염을 떼는 거다

필로티 주차장

건물주가 지나가다 연거푸 강조하며 같은 말을 하고 또 했다 화를 내는 게 아니라고 했다 건물주 옆에서 걷는 강아지가 여기에서부터 저기까지 꼬리를 살랑거리며 흔들어놓은 바람과 102호의 닫힌 창문과 작은 회오리가 쓸고 다니는 스티로폼 상자와 그것을 쫓아다니는 강아지와

꽃인데 너무 많이 피니까 잡초 같네, 건물주 뱉은 말은 소낙비가 쏟아진 이후에나 사라졌다 그녀는 유일한 낙이었던 꽃밭을 바라보았다 사람들의 우산을 젖혀대는 큰 바람이 불었다 강물이 범람하고 저지대의 가옥들이 침수되고 뉴스 속보가 계속되고 서둘러 꽃들이 져버리고 그녀의 꽃밭이 정말로 잡초밭 같아지던 다음 날 아침

모아둔 음식물 쓰레기를 한 손으로 꼭 붙들고 그녀는 바깥으로 나가서 꽃밭 앞에 서 있었다 잡초들은 더 잘 피어 있었다 고함을 지르며 싸움을 하는 101호와 음악을 크게 틀어놓는 103호 사이에서 몇 달째 불이 켜진 적 없던 102호 창문을 잠시 올려다보면서

죽은 벌레들과 죽은 이파리들과 죽었다고도 살았다고도 볼 수 없는 열매들과 잡초가 아닐지도 모르는 잡초들을 그녀는 솎아내야겠구나 했다 이것들은 모두 어디에서 오는 것일까 하며 이토록 오고도 또 오는 것일까 하며 솎아낸 이후에도 끝없이 오게 될 것을 알면서 구부렸던 허리를 잠시 폈다 늠름한 잡초밭을 부릅뜨고 바라보았다

내가 존경했던 이들의 생몰 기록을 들추어 본다*

나는 나대로 상상한다
그 장면은 어떤 장소인지에 따라 달라진다
장례의 절차를 어떻게 할지에 대해서도
자주 생각해보지만
유언에 따라 형제의 의견에 따라
이것 역시 경우가 다를 것이다

나는 나대로 회상을 한다
더 많이 기억하기 위해서 애쓰지 않으면
추억조차 시들어 생명이 다해버린다는 것을 잘 알기
때문에

그녀도 그녀대로 생각할 것이다
변변한 영정 사진이 없다는 점을 상기하는
하루가 있는가 하면
마지막 순간에
딸에게 건넬 한마디에 대해서도 생각해볼 것이다
말을 고르고, 버리고, 다시 말을 고를 것이다

그녀가 마지막에 하는 말은 부디
미리 준비해둔 그 말이었으면 좋겠다
무심결에 튀어나오는 누추한
진실 같은 건 아니었으면 좋겠다

그녀는 처음으로
그동안 궁금해왔던 것을 알게 될 것이다
그래 이런 느낌이구나**
잠든 것처럼 눈을 감고
꼼짝도 하지 않고 누워 있을 것이다
그녀는 엄마! 엄마! 부르는 딸의 목소리를 끝으로
잡고 있는 손을 놓을 것이다

그녀도 그녀대로 그려볼 것이다
소풍을 가는 가족이 있고 피크닉 매트 위에 둘러앉아
김밥을 나눠 먹고 이따금 하늘을 올려다보다
이제 갈까, 하고 자리를 정리하며 떠나는
장면은 아닐지도 모른다

내가 그리는 그림과 그녀가 그리는 그림은
서로 보여준 적이 없다 평화로운 그림인 것은
분명한데도 그것은 잔인한 일이다

* "내가 존경했던 이들의 생물 기록을 들추어 본다. 그들이 거의 모
두 지금 나만큼 살고 생을 마감했다는 사실을 발견한다. 내 생각이
맞았다. 나는 살 만큼 생을 누린 것이다"(김진영, 『아침의 피아노: 철
학자 김진영의 애도 일기』, 한겨레출판, 2018, p. 17).

**존 윌리엄스, 『스토너』, 김승욱 옮김, RHK, 2015, p. 389.

영원

너에겐 오래전에 죽은 오빠가 있다
잊고 있던 악몽을 잊지 못하도록 그가 꿈에 등장한다

아무리 가혹한 꿈을 꾸었어도
주위를 둘러보면 꿈은 이것보단 덜 가혹했다

흥건하게 식은땀을 흘리며
일어나 찬물을 들이켜며 꿈을 떼어낸다

네가 간밤에 시를 두어 줄 쓰고 나면
날이 밝고 검은 철새 떼가 삐그덕대는 나무 의자 소리
를 내며 정연하게 지붕 위를 지나가고 있었다

너는 잠을 자고 다시 일어나 두어 줄을 지우지 않기
위해
네가 할 수 있는 거의 모든 노력을 기울인다 같잖다고
여기는 일을 경계한다

네가 너를 괴롭혔을 때 너는 시를 잘 썼어

네가 개미처럼 느껴져서 시야에 보이는 것들이 거창하게 보였거든

이봐,
너는 그들을 의심하지는 않아
그들이 의심한 적 없는 것들을 의심해볼 뿐

추슬러 옷을 입으며 너의 몸은 형체를 만들어낸다
장갑을 끼면 손이 생겨난다

안경을 쓰니
너에게 귀가 돋아나고
며칠째 무한 재생으로 틀어놓은 노래를
비로소 듣게 된다

너는 네가 사라졌나 해서
고개를 숙여 발목을 내려다본다
너는 살금살금 스텝을 밟으며 맨손체조를 한다
너에겐 발이 있고 그 발을 따뜻하게 감싸줄 실내화가

있다

　너에게는 오래전에 죽은 화분이 있다

　죽은 채로 꼿꼿이 서 있는 화분을 그대로 두고 살아

간다

　네가 건드리지만 않으면 영원히 그 모습일 것 같은

건강미 넘치는 얼굴

요즘은 반나절 정도 누워 있다
창 바깥에 펼쳐진 뭉게구름을 바라보며
많이 나아졌다고 생각한다

젊었을 때엔
한사코 밤을 버텼다 더디고 무한한 밤이 지겨워서
몸서리를 쳤다

지금보다 늙었을 적에는
참혹한 마음으로 아침을 견뎠다 또다시 당도한 하루가
죽여도 죽여도 되살아나는 좀비와도 같았다

엄마의 사전연명의료의향서 등록증을
손에 들고 앉아 있을 때
응급 대기실에서 보았던 여자

누군가와 싸우다 피 흘리며 온 이주 노동자
여자는 대기실에서도 누군가와 싸워야 했다
자기 말을 알아듣는 사람이 없어도 맹렬히 따져 물었다

유리창을 좀 닦아야겠다는 말과
고맙다는 말을 마지막으로

반쯤 입을 벌리고
반쯤 체온이 있고

유리창은 더러워졌을 때에
더 잘 보이고

말갛게 닦아내는 속도는
더러워지는 속도를 도저히 따라잡을 수 없고

너는 맑은 사람이 되어야 한다
엄마가 간절한 눈으로 내 눈을 바라보며 했던 당부를
오늘은 지킨다

하늘에 아무것도 없는 오늘
누군가 하늘이 맑다고 한다

얼굴이라도 보고 와야겠어

얼굴, 두려움이 토끼처럼 뛰어다니는 얼굴

눈길이 너무 멀리 가버려 눈빛을 가질 수 없는

얼굴, 걱정밖에 안 남은 얼굴,

천근만근 무거운 얼굴, 모가지가 두 개는 되어야

겨우 버틸 수 있는 얼굴, 타인에게도

슬픔이 있다는 것을 다 잊어버린

얼굴, 기억하던 그 얼굴은 간데없고

기억해주길 바라는 어리광이 서린 얼굴

침대에 나뒹구는 얼굴, 솜으로 채워진 얼굴, 얼굴을 베

고 잠든 베개,

자그마한 구명보트가 이마에 정박해 있는

얼굴, 두 손을 가슴에 올리고 심장의 박동을 느낄 때

오늘도 실패했구나 생각하며 경련이 이는 얼굴,

빗물받이처럼 두 귀가

쇠구슬 같은 눈물을 모으는

얼굴, 보고 있는 것들이 모조리 통과되고 있는

얼굴, 골똘히 잠든 얼굴,

약간의 근육운동이 약간의 희로애락이

미미하게 정차하다

떠나는 얼굴, 뒤통수 뒤로 숨는

얼굴, 머리카락을 꼭 붙들고 놓지 않는 얼굴

입을 약간 벌려 말을 거는 얼굴에게

얼굴을 갖다 대고 귀를 기울이면

더는 말을 할 필요가 없다는 듯이 숨을 뱉는

맹세를 놓아줌으로써

평생 동안 꾸던 꿈에서 비로소 깨어나 잠시 웃는

얼굴, 완벽한 잠으로 접어드는 얼굴

해단식

아무도 모이지는 않았지만
그것은 아무도 초대하지 않았기 때문이기에

흰 장갑을 낀 노인이
주섬주섬 스탠드 마이크 앞으로 다가서서 옷매무새를
만집니다
모자를 벗고 정중히 인사를 합니다
도열한 텅 빈 의자들이 햇빛 속에 달구어져 지글거
릴 때

그는 의자의 맨 뒷줄에 시선을 둡니다
바람이 불어오자 플래카드가 펄럭이고
흙먼지가 바람 부는 방향을 따라갑니다

노인은 홀로 해단식을 거행합니다
안주머니에 넣어 온 연설문을 꺼내어 펼쳐 듭니다
목표했던 바가 모두 성취되었다는 점을 우선 자축하고
이에 헤어짐을 도모하게 된 것을 영광으로 간직합시다
그는 도열한 텅 빈 의자들을 향해 다시 한번 인사를

하고

　연단에서 내려옵니다

　영원히 오지 않을 것이야말로
　기다리는 재미가 있지
　노인은 미소를 짓고 있습니다
　자신이 오랫동안 짓고 싶어 해온 표정으로 한결 늠름
해져 있습니다

　세찬 바람이 그의 그림자를 쓸어갈 때
　그는 모자의 챙을 한 손으로 꼭 붙들고 있습니다
　검은 재킷 자락이 펄럭일 때 그는 잠시 시원하다는 생
각을 합니다

　입을 모아 부르던 단가를 부르고
　기념 촬영을 합니다
　혼자서 치는 박수가 장안에 울려 퍼질 때에 그는 재킷
을 벗어 나뭇가지에 걸고

의자를 차곡차곡 접기 시작합니다
플래카드를 걷어 둘둘 말기 시작합니다
텅 빈 운동장에 뇌우가 용맹한 소리를 보태기 시작하자

노인은 땡볕 아래 달구어진 뜨거운 돌멩이 하나를
집어 호주머니에 넣고 집으로 돌아갑니다

칠월

그것은 다르다 : 그 구름에 두 번이나 무지개가 나타났다
다르게 황홀하고 다르게 기쁘다
독성 없는 과거지사들을 가지런히 빗질하는 오후
부드럽구나 어딘가 잘못되었구나

뒤돌아보지만 영원히 뒤돌아서지 않으며

그것을 부른다 : 쩽한 하늘 뽀얀 구름 위에서
그 속을 기어이 뒤져 내일을 저작한다
허기는 식욕이 아니고 누차 헷갈렸던 것들을 처음부터
다시 헷갈려 하는
끈기로운 어리석음을

푸른얼음

　나를 숨겨주는 밤 더 많은 나를 더 깊이 은닉해주는 밤
두 손을 둥그렇게 모아 입가에 대고서 들어주는 사람이
여기에 있다고 소리치고 싶은 밤 과즙처럼 끈적끈적한
다짐들이 입가에서 흘러내리는 밤 모든 게 녹고 있는 밤
누군가가 가리키는 과거가 미래라는 지당한 말에 고개를
끄덕였다가 누군가가 가리키고자 하는 미래가 과거라는
것을 눈치챘다가 미래가 더 이상 미지가 아님을 증명해
보는 밤 걸어가보는 밤 모르는 데까지 돌아올 수 없는 데
까지 상상도 못 해본 데까지 가는 밤 어플을 켜고서 현재
위치를 파악하고 흘린 땀을 손수건으로 닦고 4차선 도로
한가운데에서 오래 서 있고 고양이의 사체 앞에 오래 서
있고 날벌레들 한가운데로 걸어 들어가는 밤 사로잡히는
밤 형광등 케이스 속에서 죽은 벌레들을 털어냅니다 여
름은 참 징그럽지요? 시끄럽지요? 밤은 더하지요? 바깥
은 말할 것도 없지요? 당신이 아름답다고 생각하는 것들
은 이런 식이지요? 좋나요? 잘했나요? 뿌듯하지요? 좋
은 사람이라는 말이 좋은 사람을 만들고 좋은 사람이 된
것도 같은 이 밤 신뢰할 만한 인상에 걸맞은 사람은 되고
싶지 않은 밤 되고 싶지 않음이 오롯해지는 밤 나은 사람

같은 것을 거절하는 밤 **'우리'라고 말하면서 '나'를 뜻하는 것은 공들여 찾아낸 모욕 중의 하나이다.*** 저녁에 읽은 문장 하나를 받아 적으며 미소 짓는 관념적인 밤 관념이라는 말이 터무니없어 씨익 웃는 밤 관념이라는 말은 참 좋은 말 발자국이 찍힌 눈 위에 또다시 눈이 내리는 일처럼 있는 것을 없다고 하기 정말 좋은 말 일괄 소등 버튼을 누르면 모든 것이 검정 속으로 사라질 것 같은 밤 모서리로 밀려나는 밤 가속이 붙는 밤 귀한 것들을 벼랑 끝에 세워둔 것처럼 기묘하고 능청스러운 밤 벨벳 같은 부드러움을 한껏 가장하는 밤 단 한 순간도 고요가 없는 지독히도 와글대는 밤 무성해지는 밤 범람해지는 밤 꿈이 얼씬도 하지 못하도록 눈을 부릅뜨고 누워 있기 푸른얼음처럼 지면서 버티기 열의를 다해 잘 버티기 어둠의 엄호를 굳게 믿기 온갖 주의 사항들이 범람하는 밤에게 굴하지 않기

---

* 테오도르 W. 아도르노, 「122. 모노그램」, 『미니마 모랄리아』, 김유동 옮김, 길, 2005, p. 251.

토마토소바

넓지 않은 내부이지만
테이블과 제면실과 주방이
유기적으로 배치되어 있다

답답하지 않은 건 커다란 창문 때문이다
이곳에 규칙을 지키러 온다

얼음 보리차를 한 잔 마시고
젓가락을 오른편에 나란히 놓는다

움직임은 간결하게
물수건으로 두 손을 닦고
창 바깥을 보는 척하면서 제면실을 바라본다

그가 몇 걸음을 옮겨 냉장고의 문을 열고
토마토를 썻는 소리를 듣고
나무 도마에 칼이 부딪치는 소리를 이어 듣는다

열어둔 창문으로

바람이 한 발짝 들어와 그의 등을 스쳐 다가온다
목덜미가 서늘해질 때

테이블에 박혀 있는 옹이와 눈 맞추기
해가 질 때에 여느 사물들처럼 황금빛 테두리를 갖기

이제 소바를 먹게 된다
더워도 추워서

젓가락은 들고 고개는 숙이고
무즙과 와사비를
감사합니다

2부

천사의 날개도 가까이에서 보면
우악스러운 뼈가 강인하게 골격을 만들고

아침엔 늦게까지 잠을 잔다. 어제가 충분하게 멀리 떠나갔다. 우선 보드라운 양말에 발을 넣을 것. 그리고 현관에 놓인 슬리퍼를 신는다. 옥상에 올라간다. 머그잔을 들고서.

다세대주택들이 반듯하게 도열한 것을 내려다본다. 호호 불며 뜨거운 우유를 마시고. 버스 정류장에 모여 있는 사람들을 보고. 저 멀리 자전거를 타고 가는 사람이 더 멀어지는 걸 보고. 머그잔에서는 아직 희미한 김이 올라오고. 우유 냄새가 올라오고.

양말을 신길
잘했다.
잘하는 게 이렇게도 많다.

영화라도 보러 가자고
말하는 친구에게
영화라도 보러 가자고
응한다.

니가 그러고도 사람이냐! 우는 입이 일그러지고 엔딩 크레디트가 올라갈 때. 후원자의 명단이 끝없이 나열될 때. 팝콘이 되지 못한 옥수수 알갱이가 몇 알 담긴. 커다랗고 텅 빈 종이컵을 옆구리에 낄 때.

자리에서 일어나 출구로 걸어가야지. 나라면 결말을 저렇게 안 했을 거 같아. 누군가가 누군가에게 들려주는 인간적으로 너무하지 않은 결말을 엿듣지 말아야지. 가족이 등장하지 않으면 인간의 비극은 표현조차 되지 못한다는 게 너는 이상하지 않니. 하고 묻지 말아야지. 감독의 의도를 헤아리지 말아야지. 아웃포커스된 배경 속에서 태연스레 움직이던. 그 많던 차력사는 어디로 갔을까.

에 대해 연구해야지.
이것만으로도 이번 생은 모자란다는 것에 탄식하면서.

아무것도 하지 않은 날에
뾰루지와

가득 찬 휴지통과
무수히 만개한 일일초를
얻을 때

아무것도 쓰지 않은 날에
낯빛과
햇빛과
오후와
친구와
거의 모든 것을
얻을 때

회사를 구한 시인을 생각한다. 백봉투에 사직서를 접
어 넣으며 빙그레 웃는 그 모습을. 축의 혹은 조의 봉투
처럼 사직서 봉투는 편의점에서 판매하지 않는다는 점에
유의하면서.

일정을 짠다.
다시 일정을 바꾼다.

다시 일정을 취소한다.

목적에 맞게 가공된 얘기를 해야지.
간신히 거짓말만 모면해야지.
진심을 다해 진심을 감추고서
대화에 임하는 사람의 진심을
모르는 척해줘야지.

바람이 부는 날에는 굴뚝과 연기가 직각이 되는구나.
누가 그려놓은 것 같구나. 이 동네는 공장이 많긴 많구
나. 그렇구나.

우유는 다 마실 것. 슬리퍼는 가지런히 벗어둔다. 머그
잔은 비린내가 나지 않게 잘 씻어서 엎어둔다. 아무것도
먹지 않은 것처럼. 내일을 위하여.

더 잘 지운 날

바람 불고
창문 열려 있고
그게 전부다

이런 오후가 나에게 조금 더 많았더라면
아빠 다리를 하고 의자에 앉아 가려운 발바닥을 긁는
내 오른손을 톡톡 치는

땡볕이
내 옆에 앉아 있다

빨래가 마르면
빨래를 개야지

내가 펼친 공책의 빈 페이지를
야구공이 가로질러 날아간다
외야수는 팔을 길게 뻗어 마침내 그 공을 글러브 속에
담는다
나는 공책을 덮는다

끝낼까

지금 끝내고

호숫가 옛날통닭집 앞에 앉아 있는 사람들처럼

챙 모자를 쓰고 커다란 맥주잔을 들고

건배를 외칠까

거긴 비가 온다는데 여긴 아무렇지 않다

여기는 거기와 그다지 멀지 않다

이상하구나

벗어나는

희열

내가 하지 않았던 일들이

내가 하지 않아도 되었던 일들이라는 게

정말로 그렇다는 게

나의 얼마 안 되는 비밀을 불시에 덮칠 생각은 하지 말기를, 나의 편지를 찾더라도 읽지 말기를, 내 사진들이 보이더

라도 쳐다보지 말기를, 그리고 무엇보다도 닫힌 것을 열지
말기를 그들에게 간청한다. 진정한 애정에서 나오는 무지와
자발성을 발휘하여 그들이 무엇을 폐기하는지 모른 채로 모
든 것을 폐기하기를 간청한다.*

　따가운
　거짓말을 지우러
　느릿느릿 밤이 찾아온다

　공책을 다시 펼친다
　야구공이 공책 위로
　쏟아진다 구석구석까지 굴러간다

　야구공을 주우러 다니고
　빨래를 개고 끝나지 않을 문장을 쓰고 끝없이
　끝을 지나쳐 가느라
　나는 바쁘다

　*　모리스 블랑쇼, 『죽음의 선고』, 고재정 옮김, 그린비, 2011, p. 13.

꽃을 두고 오기

마지막 숙소에 도착합니다
여행 가방을 열어 아껴온 햇반을 끓는 물에 담급니다
아껴온 도시락김을 식탁 위에 꺼냅니다
젖은 신발과 양말을 라디에이터에 걸쳐둡니다

잠들 생각이 없었는데 잠이 들었습니다 창턱에 앉아서
창 바깥의 이웃집을 바라보던 자세 그대로 아침이 찾아
왔습니다 밤새 다투던 이웃집 커플에게도 아침이 찾아왔
겠지요 그들이 어떻게 화해하는지 그 끝을 지켜보고 싶
었는데 함박눈이 밤새 내려 이 집과 저 집 사이를 하얗게
가두고 말았군요

담장 바깥 렌터카는 눈으로 뒤덮여 있습니다
문을 열면 어느 정도 또 문을 닫으면 어느 정도
눈은 후드득 떨어지고
와이퍼가 또 반원으로 된 시야를 만들고
그렇게 출발하면 됩니다

당신은 잘돼야 해요 당신이 잘돼야 해요

누군가의 응원이 미행하듯 나를 따라오고 있다는 걸 압니다

고마우나 달갑지 않은, 달지만 뱉고 싶은, 소중하되 떨치고 싶은

그런 인사말 같은 것들이

나를 추월해서 앞서가버릴 때까지

속도를 늦춥니다

우산을 쓰는 것도 힘이 들어 눈보라를 다 맞고 도착한 어젯밤에는 외투를 벗고 목도리를 풀고 장갑과 속옷을 빨아두고 뜨거운 욕조 물에 몸을 담가보았습니다 손이 둥둥 떠오를 때에 반지마저 벗었을 때에 수증기처럼 천장에 둥둥 떠올라보았습니다 욕실 천창을 열고

더 멀리까지 가서

조금만 더 힘을 내어 가서

이 꽃다발을

두고 오기

꽃다발을 꽃다발 옆에 비스듬히 기대어 둡니다
이렇게 오래 걸려 찾아왔는데
콧물이 코끝에서 얼고 있는데

그런 곳에도
매일 아침 출근을 하는 가이드가 있습니다
나 같은 사람들이 매일같이
이 묘비를 찾아오고 있다 하네요

올가미

어떤 시를 읽었다

아침에 날아든 소식으로 우두커니 앉아 있는 사람이

등장했다

그 자세로 밤까지 앉아만 있다가 그 사람은 홀연히 일

어나

슬리퍼를 신고 현관문을 열고 바깥으로 나갔다

어떤 소식이었을까

시가 말해주지 않은 것을 궁금해하며

나는 그 사람을 기다리기로 했다

그 사람에 대해 아무것도 모르면서 그 사람을

밤새 기다리다가 홀연히 아침이 와버린다는 것이

지금 쓰고 있는 이 시의 첫 연이 되었으면 한다

내가 쓰고 있는 이 시를 읽는 한 사람은

이 페이지를 쉽게 덮어버리면 좋겠다고 생각한다

더 궁금한 것 없이 다음 세계로 가뿐히 가버린다면

나는 그 시를 이어서 쓸 수 있으리라

그 사람이 어디로 갔을지를 우선 써야 한다

버스를 타고 가는 동안에라도 눈을 붙였다고 써야 한다

슬리퍼를 신었으므로 발이 시렵지 않게 한여름이라고

적어야 한다

그 사람이 아주 먼 곳에 갔다고 하고 싶지만

헤드라이트를 켠 차들이 속도를 내며 지나가는

길가를 걷고 있다 쓸 수는 없다

누군가를 찾아간 것이다 문은 굳게 닫혀 있고 그곳엔

아무도 살지 않고 누군가를 찾아간 것이다 문은 굳게 닫

혀 있고 복도를 서성이며 조금 기다려보기로 하고 누군

가를 찾아간 것이다 누군가가 문을 열어준 것이다 두 사

람이 현관 문턱을 사이에 두고 서로의 얼굴을 읽고 누군

가를 찾아간 것이다 누군가가 문을 열어준 것이다 누군

가가 외투를 차려입고 팔에 걸치고 있던 또 다른 외투를

건네주고 누군가를 찾아간 것이다 누군가를 불러내려다

말고 여기까지 내가 왔구나 하고 여기까지 와볼 수 있었

던 것이구나 하고 동네 입구 편의점에 들어가 생수 한 병

을 벌컥벌컥 마시고

마라토너처럼 활달한 그의 목젖으로
이 시를 끝내게 되면
그런 시를 읽었던 것을 까맣게 잊게 될 것이다
내가 시를 쓰는 동안 내가 기다리던

그 사람이 나에게 왔다
그리고 자기 집으로 돌아갔다
나는 시를 쓰느라 미처 몰랐을 뿐이었다

2층 관객 라운지 같은 일인칭시점

기다린다는 것은 거짓말
그건 기다리고 있는 게 아니야
견디고 있는데 무엇을 위해 견디고 있는지를 더 이상
모르므로

되려고 노력해본 적은 있는 것과
되어본 적 없는 것
상상조차 안 해본 것

울타리를 뜯는 사람의 고독 옆에 서기
전문가들의 거대하고 장엄한 편견 앞에 서서

소진시키기
믿고 싶은 것을 믿는 마음을 무효화시키기
물 흐리기 어깃장 놓기
이면의 이면의
이면을
계속해서 들쑤시기

20년 전의 친구가 오늘의 적이 되는 일

어제까지의 내가 오늘의 강적이 되어 마주 서는 일
그러므로 내 친구를 친구에게 소개하기

    갇힌 비둘기는 주인의 생업을 돕고, 맑고 흰 날개와 온순한
    모습을 보는 사람들이 기뻐하는 것을 본다*

슬퍼하다 보면
한 겹 더 아래의 슬픔으로 깊숙이
축축한 발을 들여놓게 되는
슬픔,

내부를 다 보여주며 건축 중인 건물을
외부를 보이게 하려고 애를 쓰는 사각형들을

아침마다 목격했던 공사 현장에
이제는 이삿짐 차가 와서 키 큰 사다리를 댄다

* 심윤묵, 「비둘기」, 풍지, 『굶주린 짐승: 중국현대시선집』, 조민호
옮김, 열린서원, 2021, p. 11.

공연

한나절이 지나면
마르는 물 얼룩처럼

내일의 고민이
지금의 고민을 서서히 지워갈 것을
잘 알고 있던 사람

누군가를

스쳐 지나다
어깨를 툭툭 치며
여긴 꿈속이라고 말을 해주던 사람

화들짝 놀라 주위를 둘러보면

발아래
공식적으로 아무것도 금지하지 않던 세상에서
무엇이 금지된 것인지를 몰라 허둥대던 사람들
을 내려다보던 사람

본 것들을

이해하지 않기 위해 노력하던 사람

정교하게 잔인해지던 사람

이유를 만들어내며 잔인해지던

이유조차 필요 없이 잔인해지던

말이 되지 않는다는 것을 잘 알지만

말이 되는 것을

염두에 둘 필요조차 없던 사람

누군가

같은 이야기를 또 할 적에 처음 듣는 척을 해줄 적에

미소를 짓고 열심히 고개를 끄덕이고 눈동자가 조금씩

흔들리고 이미 했던 이야기를 하고 있다는 걸 알리지 않

으려고 표정을 간수할 적에

이 표정을 이미 본 적 있니

그래도 열심히 고개를 끄덕이고 있으니까

처음처럼 끝까지

다시 말해줘

다시 들을 수 있게 해줘

물 얼룩 위에 쏟아진

물과 같이

식량을 거래하기에 앞서

어둠은 어두워야 한다
암막 커튼을 닫아도
실내에 남은 빛

너는
밝음은 밝아야 한다
는 문장을 내가 쓸까 봐 미리 고개를 돌리고 있다

어둠에 대해 말했다면
어둠을 끝까지 노려보며 쓰기를 바라면서

나는
그렇게 하지 않는다
그렇게 할 수 없어서는 아니다

이미 내가 어둠이 되었기 때문이다
끝까지 갈 때마다 끝은 없다 끝을 번번이 지나친다 끝
은 사라질 수밖에 없다 '끝까지'라는 것은 끝에 대하여
상상을 하고 있을 때에나 가정할 수 있을 뿐, 그럴듯하기

만 하고 그럴 리는 없는
　순진하고 어여쁜 소꿉놀이

　　　　　　　　　살아서 그곳에 가보라고?
　　　　　　　　　같이 가지는 않으면서?
　　　　　　그게 그렇게 좋으면 네가 가면 될 텐데?

　좋은 소식 전할게
　네가 바라던 건 아닐 테지만
　다른 측면에서
　기뻐해주길

　별빛이 새어들어 미량의 빛이
　벼랑 끝에 카펫처럼 걸쳐 있다
　까마귀처럼 나는 그곳에 날아가 앉는다

　이렇게 써두고 나는
　바깥으로 나가려고 문을 연다
　나를 관조하던 네가

사라진 게 기뻐서

걸어둔 외투가 나를 모방하는
밤에

어둠이 와도 나보다는 어두울 리 없는
밤에
발을 내디딘다

머리말

잊을 만하면 i가 찾아왔다
우편함에 숨어 있다가 내가 우편물을 꺼내려 할 때
내 손을 꽉 잡고 기어 나오곤 했다

이번엔 달랐다
현관문에 쪽지를 끼워두었다
옥상에서 기다릴게—i
오래 뜯하더니 무슨 일일까 고개를 갸웃하며
척척 계단을 밟아 올라갔다
옥상 철문의 손잡이를 돌렸다

생일 축하해
i는 파피루스가 담긴
수반을 내게 내밀었다

생일 아닌 거 알아,
네 생일에 올 수 없으니
내가 오는 날에 태어나주렴

i는 치아를 드러내고 크게 미소를 지었다
나는 i에게 수반을 건네받았다

이번에는 나에 대해서 시를 쓰지 마
i는 팔짱을 끼며 눈을 찡긋거렸다

그럼 나는 무엇에 대해 시를 쓰지?
옥상에 대해? 파피루스에 대해?
생일에 대해?
팔짱에 대해?

네가 사라지고 나면
커다란 건물이 한 채 생겨나고
분양 문의 플래카드가 창문마다 나부끼고 있어도
아무도 입주하지 않고
텅 빈 건물 복도에서
텅 빈 우편함에 손을 넣어보고
시멘트 냄새가 나고
내 슬리퍼 끄는 소리를 내가 듣고

아직 아무도 살고 있지 않지만
누군가가 살았으면 하고

i에 대해서 시를 쓸 때마다
그나마 음악도 들었고 약도 챙겨 먹었는데
오늘은 i가 왔는데
나는 태어날 수 있었는데

i를 위해 이불과 베개를 꺼냈다
자고 가라고 말했다

i는 우편함에서 자겠다고
그곳에서 같이 자자고 했다
나는 그렇게 하겠다고 대답했다

이미 i는 잠들었고
나는 i 몰래 i 없는 시를 쓰러 갔다

내리는 비 숨겨주기

그는 그가 쓰다듬고 있는 그것이 무엇인지
끝내 알려주지 않았다

밤새 웅크려 그것을 어루만지다 웅크린 채
앉아서 잠들었다
20여 년을, 50여 년을 밤마다 그렇게 했다

그것을
나는 전해 듣기만 했을 뿐
본 적 없다

그가 돌아오지 않았다는 이유만으로
나는 그 이야기를 믿을 수 있다

만약 그가 돌아온다면
그가 쓰다듬고 쓰다듬었던 그것에 대한 이야기를
직접 듣게 될까

혹은

그가 그것을 트렁크에서 꺼내
나에게 직접 보여주게 될까
눈이 휘둥그레져서
나도 그것을 만져보려고
손을 뻗게 될까

그가 쓰다듬은 것이
내리는 비 같은 것이라면
눈사람이거나
안개 혹은 연기 같은 것이라면

그를 만난 적은 없으나
그는 날마다 밤새 웅크린 채 앉아서 잠을 잔 사람이다
내가 그것을 잊지 않는다면
나는 그를 안 만나도 된다

높은 곳에 올라가
아무도 없는 높은 곳에 올라가
가끔씩 그의 이름을 외쳐보면 된다

그는 그러나

자기 이름조차 나에게 알려주지 않았다

나는 그래서 그의 이야기를 조금 더 믿을 수 있다

저작

무언가를 죽이고 싶은 마음으로
식물을 키우고 있는 것은 아닐까

하나
하나
하나

죽어나가는
이파리들

엉망이 되고 있다는 당혹감보다는
무언가가 차근차근 진행되고 있구나
하는 불길함이 우선한다

기쁜 일에 대해서도
더러운 느낌이 가시지를 않았는걸
하물며

무엇인가가

무엇인가를 위하여
무엇으로
무엇을

당신은 골몰해본 적이 있을 것이다
이 일의 끝에 가담할 것인가
그 시작에 가담할 것인가

두려움의 뒤를 따라
반가움이 함께 오고 있다

무언가를 죽이고 싶은 마음을
죽이고 싶어서

누군가가 허리를 굽혀 열심히도
농기구를 손에 들고 씨앗을 심는다

자신의 모습을 거울에 비춰보며
면도가 잘된 턱을 만져보는

또 다른 누군가가

하나씩
하나씩
등 뒤로부터

외출이란 무엇인가

공원이 정말 아름다우려면 특색이 없어야 한다
자연처럼 자연스러워야 한다
공원 관리원은 빈틈없는 자연스러움을 위해 분주해야
한다

링거를 매달고 지지대를 받쳐둔
노거수가 있다면 더할 나위 없다

나는 길을 잃었다
길을 잃었다는 사실도 친구가 말해주어 알았다
평범하기 그지없는 그곳에서
아름답다고 혼잣말을 하며 같은 길을 돌고 돌았다

아름다움에
기대지 않기로 했으면서
그것에 대해 아는 바가 없으면서

UFO는 몰래 나타나고 싶어 하기 때문에
못 본 척을 하자는 친구와 함께

스마트폰이 해줄 수 없는 것만 하고 살겠다는
친구와 함께

널리 만연된 것들을 끝말잇기처럼 나열하며 걸었다
시로 쓰지 않기로 한 것들이 점퍼 호주머니 속에 불룩
했다

집에 돌아와 가장 먼저
로봇 청소기를 찾아보았다
갇힐 만한 곳을 없애보았지만
갇힐 만한 곳을 기어이 찾아내는 나의 하얀 로봇

내가 만약 로봇 청소기라면……
어디에 처박히고 싶었을까
내가 만약 센서라면 자이로스코프라면 UFO라면

0걸음을 걸은 날이 있다
하루 종일 잠만 잤느냐고?
그럴 리가. 이 나뭇가지에서 저 나뭇가지로

날아다녔을 뿐

블로워에 날아가는
잡초 같은 춤
길 같은 건 신발 같은 건 필요 없는 춤
없어서 추는 춤

우연히 나는 아름다움의 섬광을 보았다*

개를 산책시켜야 한다고 슬리퍼를 신고
바깥에 나온 내 친구의 손에는 리드 줄이 들려 있었
지만
개는 친구를 산책시키기 위해 앞서 걷는다
자주 뒤를 돌아보며 자주 웃어주며

배달원은
오토바이가 망가졌을 때에는 고통스러워했지만
자신이 아플 때에는 포기를 했다 한다

말일이었고
한밤중이었고
한겨울이었다
몇 년도였는지는 기억나지 않는다 했다

담배를 피우는 사람은
발암물질이라는 글자를 매일매일 여러 번 보게 된다
물을 마시듯이 그게 자연스럽다

복도 타일 위에 놓여 있던 잿빛 깃털 하나
복도 타일 위를 기어다니던 거미 하나
복도에서 은은하게 풍기는 걸레 냄새

고양이 한 마리가
공 앞에서
담벼락 앞에서
햇빛 앞에서 창문 앞에서

자신의 목숨만큼만 자기 육체를 이끌고
자신의 방식으로 놀다가
가는 것처럼

일요일마다
분리수거 코너에
산더미처럼 박스가 쌓이고 비닐이 부풀어 오르고 폐
종이가 바람에 펄럭이는데
까치발을 들고 보태는 플라스틱

쌓이고 부풀어 오르고 바람에 제멋대로 굴러다닐 때에
일요일이라는 것을
재확인하는 반가움

매주 일요일마다
어김없이 찾아오는
기쁨

*   요나스 메카스의 영화 제목.「As I Was Moving Ahead Occasionally
    I Saw Brief Glimpses of Beauty」(2000).

남은 물

그녀는 소매를 걷어붙이고 양념을 버무리다
콧등을 찡긋하여 안경을 조금 올려 쓴 후

손아귀에 들어와 있던
뭔가를 쥐고서
있는 힘껏 으깼다

누군가가 마음이 미어지는 목소리로 외치던
연설을 들으며
뭐라도 먹기 위해
올리브유를 프라이팬에 둘렀다

다큐멘터리 속에서 연설하고 있는 사람은
카메라의 렌즈를 보았겠지만
그의 눈가에 고인 눈물을 그녀는 발견하고 있다

시는 시를 마주 보지 않습니다
그러나 시는 눈을 떼지 않습니다
연못가 강가 바닷가 수풀가 창가 입가 눈가

시는 시밖에 모르고 시는 시를 모방하고
영영 시를 떠나지 않습니다

모든 것이 조각날수록
모든 것이 나열될수록
이야기는 점점 풍요로워져간다

질문이 많은 사람에게는
대답이
이유가 많은 사람에게는
인과가

불필요했으므로
다큐멘터리는 무질서를 선택한 것이다
무질서는 적어도 허구는 아니었다

영화는 그러나 편집되면서
어떤 장면이 버려진다
버린 장면들은 영화 바깥에서 다음 영화가 된다

뭐를 하나 해도
대가가 무시무시합니다
목숨을 걸고 하긴 죽어도 싫은데
목숨을 거는 것과 마찬가지가 됩니다

물 한잔 마시겠어요?
누군가가 연설자에게 생수병을 내민다
그는 물 한 모금을 마시고 남은 물을 본다

남은 연설이 진행되는 동안
카메라는 남은 물을 클로즈업한다

그녀는 남은 물을 바라보며 뭔가를 좀 먹었다
자신이 만든 부드러운 음식을 평가하지 않으며

비좁은 밤

너무 많은 말이 밤으로 밤으로 밀려갑니다

해서는 안 되는 말들과 하나 마나 한 말들이 밤으로 터덜터덜 걸어갑니다

어느 지점까지만 헤아리다 만 생각들이 어제처럼 또 그제처럼 밤에게 도착하고 있습니다

그런 생각도 조금 더 해보았다면 그럴 시간이 있었더라면 이렇게까지 반복되지는 않았을 것입니다

않았을 것이라는, 익숙한 이 후회 역시 낮을 배웅하며 어딘가에 걸터앉아 밤을 기다리고 있군요

밤은 사방에서 모여들어 아늑하게 내려앉고 있습니다

바깥에 나와서 담배를 피우며 서성이는 사람과 이불을 덮고 누웠으나 뒤척이고만 있는 사람과 티브이를 켜놓았지만 눈은 그걸 바라보고 있지만 홈쇼핑 광고가 반복되

는 것도 모른 채로 앉아만 있는 사람과 그 사람에게 말을
걸려다 그냥 옆에 앉아만 있는 사람과 빨래를 천천히 개
며 마룻바닥에 앉아 있던 사람과 이어폰을 귀에 꽂고 공
원을 세 바퀴 네 바퀴 뛰고 있는 사람과 벤치에 앉아 방
전돼버린 휴대폰을 두 손으로 감싸 쥐고 있는 사람의

너무 많은 속엣말이 한밤중으로 먹구름처럼 한꺼번에
몰려듭니다

그들이 했으면 좋았을 말들과 꼭 하겠다고 다짐해온
말들이 어지럽게 밤의 골목을 배회하고 있습니다

밤은 오늘도 성긴 그물처럼 그 누구의 말들도 건져 올
리지 않은 채

아무것도 아는 바 없다는 듯 매끈한 뒷모습을 하고 저
편으로 나아갑니다

사람들이 불을 끄듯 말을 끄고 하나하나 잠들기 시작

합니다

　책상에 앉아 씌어지는 대로 쓰고 지우지 않아보기로
결심한 사람의 어깨 위에

　너무 많은 말이 모여들고 모여듭니다

　어깨에서 말들이 조용히 낙하합니다

　종이 위에 안착하자마자 눈송이처럼 녹아 사라지고 있
습니다

소모임

술은 정종이 좋을까요
와인을 가져왔으니 맥주만 살까요

현관문을 여니
푸른 벽이 있고 푸른 벽을 여니 아무것도 없습니다
타자기 옆에는 피아노가
피아노 옆에는 텅 빈 새장이 있습니다

육수가 만들어지는 동안
배추 위에 느타리를 얹고 느타리 위에 숙주를 얹습
니다
잘생긴 표고버섯에 십자 칼집을 넣습니다

개인 접시를 앞에 두고
둘러앉아 건배를 하고 식사를 합니다
아직 도착하지 않은 사람은 기다리지 않는 게
아직 도착하지 않은 사람에 대한 우리의 예의입니다

상담사에게서든

부모에게서든
친구에게서든
거래처에서든

들어온 말들이
우리의 숟가락에 밥알 대신
얹혀 있을 때에

저도 그래요
라고밖에는 달리 할 말이 없는 모임

그래도 파티인데
이 코스튬 안경을 쓰고
이 헬륨 풍선을 들어보세요
이 망토를 둘러보세요

잘하고 싶지만
무엇을 위해서인지를 영영 모르는 채로

좋은 사람이 되고 싶지만
누구를 위해서인지 미처 생각할 겨를 없이

정말 원하는 건
예언이 될까 봐 발설하지 않고서

노래도 없고 박수도 없고
축하도 없고 박장대소도 없는

누군가 우리를 지켜본다면
왜 이리 다들 시무룩하느냐 물어보지 않을 수 없는
이런 파티를

우리는 내내 기다려왔습니다
같은 음식을 나눠 담아 한 입씩 먹기 위해

더는 할 말이 없다는 것에
서서히 반색하기 위하여

마지막에 남을
사람을 위하여

식탁을 깨끗이 치우고
이불 밑에 전기장판을 미리 틀어둡니다

벽에 걸린
인물화 속 눈동자들을 덮어주고
인물화 속 자그마한 털짐승에게
마실 물이라도 챙겨주고

한 사람이 잠든 이에게 이불을 덮어주면
한 사람이 전등을 차례대로 끄고
한 사람이 현관문을 열면
한 사람이 계단을 내려갑니다

점심을 먹자

글쎄,
라는 말은 그녀가 가장 즐겨 쓰는 말입니다
그 말을 나는
아니야,라고 알아듣습니다

그녀는 잘 있어요 그녀는 잘 자고 잘 먹고 그녀는 잘
가고 있어요
자신의 안위를 걱정하지 않아도 된다고 누차 말합니다
잘 있어야 한다고 언니는 잘 자고 잘 먹어야 한다고 그
녀는 말하지만

잘 가라는 말은 해주지 않습니다
오라는 말도 하지 않습니다
갈까? 하고 말하면 글쎄,라는 말이 돌아오지요

나는 그녀로부터 받은 레고 블록의 꽃다발을
오므려놓고 어제를
헤벌쭉 펼쳐놓고 오늘을
만들며 지냅니다

우리는 늘 차 안에서 만납니다
잠깐만 보자는 의미에서

점심을 먹자고 만나도 차 안에서
김밥 두 줄을 함께 먹습니다

어떤 날은 차 안에 밤새 있었지요
그녀는 아파트 정원을 가로지르는 고양이를 보고 있었고
나는 투명한 새끼 거미가 눈앞에 매달려 잠든 모습을
하염없이 보고 있었습니다
관리 사무소 경비원이 손전등을 비추며 차 속을 들여다보다가 갔고

그 밤은 그녀가
글쎄,
라는 말을 스무 번 넘게 쓴 밤이었습니다
보고 있던 것들을 보는 우리를 적나라하게 드러내며

퍼렇게 날이 밝아오고 있었습니다
그녀의 얼굴을 빤히 바라보는 버릇을
나는 그만두기로 했습니다

그날 새벽 나의 얼굴에서
황금빛 실금이 가고 있는 모습을

그녀는 그림으로 그려
내게 보내주었습니다

디버깅

모르는 동네에 도착하면 알 수 있습니다
당신에겐 목적이 없다는 것을

두리번거리고
느리게 걷고
마주 오는 강아지에게도 인사를 건네고

모르는 골목에 도착해서 모르는 가게를 지나쳐서
당신은 쇼윈도를 흘낏거리고
사고 싶은 것이 없고 가고 싶은 곳이 없고
길은 갈래갈래 열려 있고
모르는 버스가 연이어 지나가고

당신은 모르는 벤치에 앉아 잠시 쉬기로 결정합니다
몇 시인지 모르겠고 밤이 오려면 얼마나 남았는지 모
르지만
모르는 사람과 잠시 눈을 마주치지만

고개를 숙여 길바닥을 봅니다

모르는 열쇠가 떨어져 있고 그것을 줍는다면

모르는 집 현관문을 열고 들어가서 그 집 현관에 신발을 벗어두게 됩니다

관객에게 영화에서의 모든 집이란 당연히 모르는 집이지만 영화를 만든 사람의 의도대로 생각하고 느낍니다

모르는 집 거실에 살랑거리는 커튼이나 짙은 원목 마루에 드리워진 햇빛 같은 것에서

자기 집처럼 그 온기를 전달받게 됩니다

모르는 집에 모르는 사람이 와서 문을 두드리는 장면을 보며 모르는 사람이 집에 들어올까 봐 자기 집도 아니면서 공포를 느끼게 됩니다

당신은 영화에서처럼 모르는 집에 가도 괜찮고 당신의 집을 모르는 집이라고 생각해도 괜찮을 수 있습니다

왠지 알 것 같은 집 어릴 적 짝꿍네 집이거나 게임 속 용사의 오두막이거나 마왕의 아지트

왠지 빈집일 것 같은 집 강아지 한 마리가 방석 위에서

동그랗게 웅크려 잠들어 있다가 고개를 들고 다가와 꼬리를 흔드는 집

모르는 그 집이 너무나 친숙해서

이 집의 내일도 이미 안 것만 같습니다 용사의 오두막은 아늑할수록 머지않은 미래에 화재가 날 것만 같고 화재에 대비하기 위해 비밀 지도를 따로 숨겨야만 할 것 같고 그러나 일어나지 않은 일에 대해 미리 움직이게 되면

유저들은 당신을 버그라고 인지할지도 모릅니다 시스템은 버그를 잡기 위해 사냥꾼을 투입할 것입니다 불타야 할 비밀 지도는 불에 타게 될 것입니다

당신은 모르는 옷장에 외투를 걸고

전혀 모르는 소파에 누워 티브이를 보게 됩니다

모르는 언어로 지껄이는 시트콤에 채널을 맞추고

생각이 난 것처럼 모르는 빨래들을 개켜 서랍에 넣어 둡니다

창문을 열어보고 싶다고 생각하다가

건너편 건물에서 창문을 열고 있는 모르는 사람과 눈

이 마주치게 됩니다

　모르는 사람이
　당신에게 눈인사를 하고 지나갑니다
　모르는 사람에게도 인사를 해주는구나 하고

　당신이 가장 잘 아는 당신의 오른손을 당신이 가장 잘
아는 당신의 턱으로 가져가서 한번 훑어봅니다

　이제 당신은 손바닥에 올려둔 모르는 열쇠를 멀리 내
던집니다

　이제 당신은 모를 수 없게 됩니다
　당신이 당신임을 알게 되는 것이
　당신에게 새로이 생긴 유일한 목적이라는 것

백만분의 1그램

너는 이 늦은 시간에 이불을 걷고 몸을 일으켰다
슬리퍼를 신고 주방으로 걸어갔다

찬장에서 컵 수프 하나를 꺼내어
컵에다 부은 다음 뜨거운 물을 담았다
버터 냄새와 옥수수 냄새가 네 방 안에 퍼진다

너는 이제 그걸 마신다
티스푼으로 천천히 저으며 호호 불며

낮새
네가 키우던 알로카시아는 새잎을 만들었다
낮새 비가 내렸다

이것 좀 봐!
죽은 줄 알았는데!

죽은 줄 알았다는 부주의의 주변으로
아무렇지도 않은 듯한 힘들이 안간힘을 다할 때

너는 깨어나고 나는 잠이 든다
우리는 언제 연락이 닿는담

깨끗한 시간에 만나기로 한 약속이
이번 주에는 지켜졌으면 좋겠다며 베개에 머리를 댄다

내일부터
질량(kg)의 정의가 바뀐다
원기原器가 130년 동안 백만분의 1그램 산화되었으
므로

몰(mol), 전류(A), 온도(K)의 정의가 바뀌게 된 것처럼
언젠간 시간도 재정의하게 될 것이므로

너는 날이 밝자마자 야영을 하러 간다
텐트를 치고 손수 그늘을 만들고
모기향을 피우며

새떼가 대륙을 건너갈 때
가수면 상태로 날 수 있다는 문장 위에

동그란 그림자를 드리우며
자그마한 무당벌레 한 마리가 가로지를 때
너는 그걸 오래 지켜보게 된다

해 아래 오도카니 앉아 너는
묵은 표정을 씻고 있다
씻어낸 표정을 말리고 있다

해가 지면 밤이 오고 밤이 오면 별이 보이는
고요한 절차가 차곡차곡 쌓여갈 때에
고양이의 사뿐한
발소리가 또렷이 들려오고

너는 텐트와 침낭의 지퍼를 차례차례 닫고서
눈을 감고 기다린다
밤새우지 않은 아침이 너에게 다가간다

너의 오랜 소원이 너를 에워싸는 시간

너는 새소리를 듣는다
새들이 살아남기 위하여
추격을 쟁탈을 패배를 맹렬히 배워나갈 때

너는 허리를 숙여
깃털 하나를 주워 모자에 꽂는다

해 뜰 녘에 잦아든 바람과
가늘게 내리는 빗줄기와
아침에 먹은 뜨끈한 국물 요리를
무용담처럼 호주머니에 챙겨둔다

무릎을 꿇고 침낭을 개면서
정오 즈음에는
땀냄새를 등에 업은 네가 드디어 웃는다

하루 만에 조금 그을린 얼굴로

우리의 백만 가지 약속 중 하나를
너는 지키러 온다

다녀온 후

그곳에 다녀온 후로
그곳을 지도에서 찾아보았다 위성사진을 입히면
내가 묵었던 집의 파란 지붕이 보였다

그곳에 간 적이 있지만

그곳에 대하여 미처 알지 못한 것이 있어서
지도를 뒤적였던 건 아니었다

그곳에서 아직 돌아오지 않은 것은 아닐까 하고
지도를 덮었던 것은 더더욱 아니었다

손은 나도 모르는 곳을 번번이 먼저 찾아냈다
손이 먼저 긁고 있어서
가려웠구나 알아채는 것처럼

그곳에 대하여 그곳에서 만났던 그곳에서 태어나서 그
곳에서 살아가고 있는 이에 대하여

이해가 끝나지도 않았는데
이미 화면은 푸른 행성 지구를 동그랗게 보여주며
나로부터 요원해졌다

친구는 말한다
아직도 그녀의 답장을 기다리고 있느냐고
그녀는 죽었다고

그녀가 죽었다고 믿지 못해서
내가 답장을 기다리고 있는 것은 아니었다
죽은 사람은 편지를 쓸 수 없다는 걸 이해하지 못해서
나는 그곳에 다녀왔던 것이다

너무 미안하지만
미안하면 안 될 것 같아
안 읽었던 파란 편지

냉장고에 오래 방치된 양파처럼
미안함이 무르익고 무르익다가

정체를 알 수 없는 검정 물질이 되어갈 때마다

그곳에 갔고 그곳에서 돌아왔다
그곳에서 오래 거주했고 그곳 사람이 되어보았다
당연한 것이지만, 그곳에서 나는 이곳을 칭할 때마다
그곳이라고 불렀다

내가 살던 파란 지붕을 가리키며
여기가 내 집이야! 하고 그곳의 친구들에게
보여주곤 했다

립맨

아름다움은 그만두고 싶다
자기 이름을 한자로 적다가 빠른 속도로 시커멓게 지
우며
친구는 내게 말했다고 한다

친구는 턱을 괴며 생각에 잠겼고
친구의 이름이 적히다 만 종이를 가져와서 나는 연필
을 쥐었다고 한다
친구는 그만하고 싶은 것들을 일일이 열거했다고 한다

그걸 다 받아 적었어?
친구가 조금은 명랑해져서
식은 커피를 한 모금 더 마시고 나를 보았다고 한다

바깥으로 뛰쳐나가 골목에 서서 문득 이정표를 읽었다
고 한다
동네 이름 한번 거창하군
인간의 낙관이 도처에 새겨져 있어 진저리가 난다며
깔깔 웃었다고 한다

가장 화가 났을 때에 가장 실의에 빠졌을 때에
친구는 나를 앞에 두었다고 한다

마치 과녁처럼
샌드백처럼
먹잇감처럼

나는 번번이 그곳에 있었을 것이다
없었지만 그랬을 것이다 모르는 연필을 꼭 쥐고서 나
는 고개를 끄덕였을 것이다

그래서 거기가 어디였는데?
친구는 이미 내게 말해주었다고 한다 장소 같은 건 중
요하지 않다고 말한다

아름다움이 아름다움을 떠날 때의 아름다움
아름다움에 아름다움이 남아 있지 않을 때의 아름다움
친구는 자신이 원하는 것들에 다가서고 있었다

나는 친구의 연필을 손에 쥐고 있었을 것이다

거꾸로 들고 친구의 이름부터 지웠을까

친구의 말을 다 받아 적었을 것이다 연필을 거꾸로 든

채로 그랬을 것이다

내가 시인이라면

    진실은 존재하지 않는다는 명제는 진실을 더는 중요하게 생각하지 않는다는 입장을 드러낸다 할지라도. 진실은 믿어지지 않아서 알아채지 못했던 것이 아니라, 믿고 싶은 것이 그것은 아니기 때문에 유실되는 것이라 해도. 믿을 수 없는 것들만이 유일한 진실이었다 해도. 증명될 수 없는 것들만이 유일한 진실이었다 해도. 증명은 불행하게도 소실점처럼 영원히 지연되는, 먼 미래 같은 건 아니라는 것을 끝까지 끝까지……

다행하게도
미리 미래에 가서 목도하고 싶은 진실을 미리 마주하는
꿈을 드물게 꾸고 안도한 적이 많았지.

꿈에서
깨어나면
더 비참해지는 느낌 또한 없진 않았지만

무얼 해도 구멍이 남지.
그대로 놔두어야 구멍은 자라나지 않아.

구멍을 메우려는 순간 그것은 구덩이가 된다.

어떤 진실은 정갈한 것이 아니라는 것을. 순도를 요구할 수 없다는 것을. 그렇다고 부정교합 같은 것은 더더욱 아니라는 것을. 입장의 차이가 만든 교란이나 속임수 역시 아니라는 것을. 뜻대로 되는 일에 대해서가 아니라 뜻대로 되는 것이 하나도 없는 일에 대해서. 감당할 수 없는 일을 감당하면서. 이렇게까지 할 필요는 없다는 걸 매번 느끼면서. 그렇다 해도 번번이 이렇게까지 하면서. 때때로 씨익 웃으면서.

내가 존경하는 한 분이 나에게 물었다. 시인은 몸으로 쓴다면서요? 몸으로 쓴다는 건 어떤 겁니까? 나는 대답했다. 잘 모르겠습니다 선생님. 저는 몸으로 쓸 생각이 없어요. 몸으로 쓴다고 생각하면 몸으로 쓰고 있다는 걸 전시하는 기분이 들어서요. 그렇지만 몸이 아닌 다른 것으로 어떻게 쓸 수가 있는지.

나는 그때 대답을 피해야 했다. 대답은 대체로 선별된 허구이므로. 누군가가 질문을 해올 때에는 나도 질문을 하는 게 좋다. 질문에 답을 하고 싶은 욕망을 들켜서는 안 된다. 질문은 누추함을 교묘하게 벗어나게 하는 일시적인 효과가 있으므로. 그러나 예외는 있다. 존경하는 사람 앞에서는 누추해져도 괜찮다.

만약 내가 시인이라면
지금 쓰고 있는 것을
시라고 여기지 못한 채로 쓸 것이고

만약 다행하게도 내가 시인이 아니라면
증명할 수 없는 진실에 대하여 괴로워하다
시를 써야겠다
마음먹게 될 것이다.

진실의 부재를 발견하기 위하여. 부재를 부재로 내버려두기 위해서가 아니라 허구의 손쉬움을 거부하기 위하여. 오직 두려움을 위하여. 두려움이 없는 두려움을 두려워하며.

무한 학습

어떤 사람을 떠올리기 위해 노거수를 바라보는 일

나는 그럼으로써 사랑을 더 크게 만드는 중이다

그녀는 거기까지 가서 굳이 그 일을 하느냐는 질문을 평생 동안 들어왔지만

그녀는 그때마다 정성스러운 음식을 내어놓듯 대답을 들려주었다

자개장이 골목에 버려져 있을 그때가 가장 아름답지 않나요, 하는 식으로

일주일에 한 번은 눈밭에 누워 잠자는 날로 정해놓는 다면

그나마 이상적이지 않을까요, 하는 식으로

노거수가 열매 대신 수액을 주렁주렁 매달고 있다 하여

회한과 수치와 죽음을 읽어내는

모독을, 그렇고 그런 방식으로 누군가를 떠올리는 헤
픈 솜씨를

넝쿨이 풀들이 찢어진 비닐봉지들이 제멋대로 안착하
여 일부가 되어가는 몸을

이백칠십오만 사천구백팔십한번째 사람이 다가와 두
팔을 벌리고 안아볼 때에

아무리 짓이겨도 튕겨 나가는 도마 위의 마늘 한 알처럼

그녀는 오늘도 단단하고 맵게 그 일을 할 것이다 그녀
가 그녀를 위하여 그녀답게

꽃이 시들지 않아 꽃병을 비울 수가 없어 화가 난 사람
을 떠올리면서

꽃을 노려보는 일, 나는 그럼으로써 사랑이 비대해지는 걸 경계하는 중이다

어떻게 말해보아도 부족하다 쇄골 아래까지만 피가 도는 질병처럼 부족하다

벼랑에서 황금빛 테두리에 갇힌 공동체를 상상할 수 있다면 그 구성원으로서

올무를 손에 들고 이 황혼을 등지고 서 있다면 누군가 목을 매러 왔다가

걸어두고 간 올무가 크리스마스트리의 오너먼트들처럼 치렁치렁하다면

나는 그 노거수를 찾아가 바라보며 듣는 중이다 그녀의 웃음소리를

끝에서 끝을 내다보는 밤

김언
(시인)

증명될 수 없는 것들만이 유일한 진실이었다 해도,

증명은 불행하게도 소실점처럼 영원히 지연되는,

먼 미래 같은 건 아니라는 것을 끝까지 끝까지……

— 「내가 시인이라면」

　김소연 시인의 다섯번째 시집 『i에게』(아침달)를 다시 펼친다. 2018년 출간된 저 시집을 다시 펼치는 이유는 5년 만에 출간되는 시인의 새 시집 원고를 읽으면서 문득 떠오르는 시 한 편이 있어서다. 시집 『i에게』의 표제작이기도 한 그 시는 새 시집과 관련해서 요긴하게 참고할 것을 담고 있다. 한 대목만 읽어보자.

지난겨울 죽은 나무를 버린 적이 있었다. 마른 뿌리를
흙에 파묻고서 나무의 본분대로 세워두었는데. 지난겨울
그렇게 버려지면 좋았을 내가 남몰래 조금씩 미쳐갔다. 남
몰래 조금만 미쳐보았다. 머리카락이 타오르는 걸 거울 속
으로 지켜보았고 타오르는 소리를 조용히 음미했다. 마음
에 들었다. 실컷 울 수도 실컷 웃을 수도 있을 것 같은 화
사한 얼굴이 되었다. 끝까지 울어보았고 끝까지 웃어보았
다. 너무 좋았다. 양지에 앉아 있었을 때 웅크린 어느 젊은
이에게 왜 너는 울지도 않느냐고 물어본 적이 있었는데.
젊은이의 눈매에 이미 눈물이 맺혀 있더라. 그건 분명 돌
맹이였다. 우는 돌을 본 거야. 그는 외쳤어. 미칠 것 같다
고! 외치는 돌을 본 거야. 그는 더 웅크렸고 웅크림으로 통
째로 집을 만들고 있었어. 그 속에 들어가 세세년년 살고
싶다면서.

—「i에게」 부분

다시 봐도 강렬한 인상을 남긴다. 혼자서 거울을 보며
자기 머리카락을 태우는 화자의 모습도 괴이한데, 여기
에 머리카락 타들어가는 소리를 음미하며 마음에 들어
하는 모습과 "실컷 울 수도 실컷 웃을 수도 있을 것 같은
화사한 얼굴이" 된 장면은 그야말로 '조용히 미침'의 한
극단을 보인다. "끝까지 울어보았고 끝까지 웃어보았다"
라는 발언도 전혀 과장처럼 느껴지지 않는다. 끝까지 우

는 얼굴과 웃는 얼굴을 한꺼번에 지닌 화자의 면모는 시인의 첫 시집 제목이기도 한 "극에 달하다"를 몸소 구현한 모습처럼 읽히기도 한다. 그런데 이런 극단의 면모가 "남몰래 조금씩 미쳐갔다. 남몰래 조금만 미쳐보았다"라는 발언 뒤에 등장한 점이 주목된다. 하기야 혼자서 거울을 보며 머리카락을 태우고 마음에 들어 하는 일, 기껏해야 끝까지 울고 끝까지 웃는 모습을 보이는 일은 그 자체로 남들이 알 수 있는 사건도 아니고 알아줄 만한 사건도 못 된다. 사회적으로 물의를 일으킬 만큼 타인을 해하는 일도 아니며 자신의 목숨이나 건강을 해치는 사건도 못 된다. 말 그대로 남몰래 조금씩 미쳐가는 행위를 조용히 보여줄 뿐이다.

여기서 화자의 성격을 대강 짐작해볼 수 있다. 어떤 극에 달한 내면의 상태를 바깥으로 표출하면서도 그것이 타인을 향해 전시하듯이 이뤄지지 않는다는 점에서, 화자는 분명 미쳐도 조용히 미치는 성격의 소유자다. 더 정확히 말하면 바깥을 향해 마구 발산하는 방식이 아니라 조용히 안쪽으로 함몰되는 방식으로 내면의 극단적인 상태를 드러내는 성격이다. 그러니 화자의 눈에 들어온 어느 젊은이이자 돌멩이 역시 "웅크림으로 통째로 집을 만들"면서 울고 있는 모습으로 보였을 것이다. 이런 모습은 같은 시집의 시 「손아귀」에서 "망가지는 것들은 아무 소리도 내지 않는다/조용히 오래오래 망가져"가는 모습과 호응하면서 "징그럽고 억척스럽고 비대해진 뿌리들이" "기어이 화분을 두 동강" 낼 때까지 억누르고 또 억누르는 내면의 풍경으로 되풀이해서 등장한다. 함부로 발산하는 방식이 아니라 끝까지 억누른 상태에서 겨우겨우 삐져나오는 말이 시집 『i에게』의 주요한 풍경을 이루는 가운데 한 가지 더 짚어둘 것이 있다. 안으로 함몰되는 운동을 동반하며 극에 달해 가는 화자의 내면 풍경을 한마디로 받아주는 대상, 바로 'i'이다.

"밥만 먹어도 내가 참 모질다고 느껴진다 너는 어떠니"로 시작하는 「i에게」에서 '너'의 자리에 해당하는 'i'는 단순히 타인을 받는 말이 아니다. 그렇다고 무작정 화자 자신을 대신하는 말이라고 하기에도 어딘가 부족함이 있다. 힌트는 대문자가 아니라 소문자로 표기된 것에서 찾을 수 있다. 나의 내면을 받아주는 대상이 하필이면 대문자 'I'가 아니라 소문자 'i'로 표기된 것 자체가 바깥으로 전시하는 역할의 내(I)가 아니라 안으로 숨어드는 성격의 나(i)를 연상시키는 동시에 'i'를 통해서만 발화될 수 있는 내면 저 깊숙한 곳의 나를 상기시키는 것이다. i로 표상되는, 나의 내면에서도 저 깊숙한 곳에 웅크리고 있는 그 존재는 「i에게」에서 "죽은 나무"로 잠깐 얼굴을 비쳤다가 끝내 "우는 돌"이 되어 화자의 시선을 장악한다. "웅크림으로 통째로 집을 만들고" "그 속에 들어가 세세년년 살고 싶다"면서 화자의 시선을 붙들어

맨 "우는 돌"은 세월이 흘러 지금은 어떤 모습으로 살고 있을까? "우는 돌"을 내내 눈 안쪽에 숨겨두고 지나왔을 화자의 면모는 그동안 또 어떻게 바뀌었을까? 이런 궁금증을 품으면서 새 시집을 본다.

*

　우선은 5년이라는 시간 동안 크게 바뀌지 않은 지점을 살피자. 전작인 『i에게』에서 보였던 특이점이 새 시집에서도 잔영처럼 남아 있는 경우다. 가령, 바깥으로 발산하는 운동이 아니라 안으로 함몰되는 운동의 방식을 보이는 내면 풍경은 "그 방에서/더 깊은 안쪽으로 들어갔을 때/이대로 고요히 사라지고 싶다고 혼잣말을 했다//안쪽으로/안쪽으로/뱅글뱅글 파고들고 파고들고 파고들다"(「이 느린 물」)에서 다시 확인된다. 'i'의 상관물이면서 내면 저 깊숙한 곳에 웅크리고 있던 "우는 돌"은 "아주 작은 자갈이 옆에 놓여 있었다/언젠가 강가에서 네가 주웠던/달걀처럼 갸름하고 맨질맨질했던 검은 자갈" "너는 접시에 모로 누워 자갈을 꼭 끌어안고 쓰다듬었다"(「접시에 누운 사람」)나 "노인은 땡볕 아래 달구어진 뜨거운 돌멩이 하나를/집어 호주머니에 넣고 집으로 돌아갑니다"(「해단식」) 등에서 재확인된다. 역시 i의 상관물로서 등장했던 "죽은 나무"도 "너에게는 오래전

에 죽은 화분이 있다/죽은 채로 꼿꼿이 서 있는 화분을
그대로 두고 살아간다/네가 건드리지만 않으면 영원히
그 모습일 것 같은"(「영원」) 모습으로 재등장한다. 무엇
보다 전작 『i에게』의 주인공인 'i'도 반가운(?) 모습으로
두 차례 등장하는데, 아래는 그중 한 장면이다.

잊을 만하면 i가 찾아왔다
우편함에 숨어 있다가 내가 우편물을 꺼내려 할 때
내 손을 꽉 잡고 기어 나오곤 했다

이번엔 달랐다
현관문에 쪽지를 끼워두었다
옥상에서 기다릴게—i
오래 뜸하더니 무슨 일일까 고개를 갸웃하며
척척 계단을 밟아 올라갔다
옥상 철문의 손잡이를 돌렸다

생일 축하해
i는 파피루스가 담긴
수반을 내게 내밀었다

생일 아닌 거 알아,
네 생일에 올 수 없으니

내가 오는 날에 태어나주렴

—「머리말」 부분

i는 세월이 지나서도 잊을 만하면 나를 찾아온다. 잊을 만하면 찾아오는 i가 하필이면 우편함 속에 숨어 있는 존재로 그려진 것에 대해서는, 딱히 참조할 사항이 없는 관계로 얼마간 자의적인 해석이 필요하다. 우편함이 먼 곳에서 출발한 소식(우편물)을 이곳에서 받아주는 역할을 한다면, 거기에 기거하는 i는 자연히 이곳에서 먼곳의 얘기를 들려주는 존재라고 할 수 있다. 그런데 i는 나의 내면에서도 가장 깊숙한 곳에 위치한 존재이기도 했다. 이곳에서 먼 곳이 나의 내면에서 가장 깊숙한 곳과 맞닿을 수 있다면, 나에게서 가장 먼 곳이 곧 나에게서 가장 깊숙한 곳이라는 등식으로 확대 해석이 가능하다. 나는 타자일 뿐만 아니라 나에게서 가장 먼 타자이기도 하다는 사실이 우편함에 숨은 i를 통해서 새삼 확인되는 가운데, 이번에는 우편함이 아니라 옥상에서 기다린다는 쪽지를 현관문에 끼워두면서 i가 등장한다. 옥상에는 나의 생일을 축하하는 i의 이벤트가 기다리고 있다. 생일 선물로 준비한 "파피루스가 담긴/수반"이 그 이벤트를 장식하는데(생일 선물이 하필이면 왜 "파피루스가 담긴/수반"인지에 대해서도 한참이나 자의적인 해석이 필요하겠지만 여기서는 생략하고 가자), 이벤트보다는 뒤

이어 남긴 i의 멘트가 더 눈길을 끈다. "생일 아닌 거 알아,/네 생일에 올 수 없으니/내가 오는 날에 태어나주렴". 지극히 i다운 멘트이면서 i이니까 가능한 멘트다. 생일을 축하하는 마음은 있으나 당사자의 생일 당일을 챙기는 것이 아니라 자신이 오는 날로 생일을 정해버리는 태도는 다분히 이기적으로 보이면서, 그렇게라도 자신의 애정을 피력할 수밖에 없는 i의 처지가 이해되는 대목이기도 하다.

i는 사회적인 자아(I)가 아니다. 사회적으로 그럴싸한 사람 구실을 하는 자아가 아니라, 그럴듯하게 타인을 챙기는 역할을 척척 해내는 존재가 아니라, 자기 일신조차도 겨우 감당할 수 있는 작고 보잘것없는 존재로서의 자아다. 이런 자아가 떠맡을 수 있는 역할은 당연히 사회적으로 그럴듯한 역할이 될 수 없다. 그것의 역할은 i 자신을 지키거나 기껏해야 i를 품고 있는 'i+I' 혹은 'i+I+α'로서의 나를 (위의 시처럼 이상하게 생일을 챙기는 방식으로) 감당하는 정도에 머문다. 그런데 이런 못난 자아(i) 때문에 시를 쓰는 사람도 있다. 이런 작고 보잘것없는 자아에 기대어 시라는 것이 나오고 시인이라는 존재가 탄생할 수 있다면, i가 찾아오는 날은 달리 말해 시적인 자아가 탄생하는 날이라고 할 수 있다. 시적인 자아가 탄생할 때마다 매번 새롭게 태어나는 시인 혹은 화자의 생일이라고 해도 좋겠다. 누구의 생일이든 그것을 정하

는 것은, 즉 i의 방문 날짜를 정하는 것은 시인도 아니고 화자도 아니고 I도 아니고 심지어 i도 아닐 것이다. i는 그 정도로 대단한 존재가 못 된다. 그럼에도 i의 방문으로 인해 시가 탄생하고 시적인 자아가 탄생하고 시인 역시 그로 인해 탄생이 가능한 존재라면, 위 시의 말미에 나오는 "나는 i 몰래 i 없는 시를 쓰러 갔다"라는 발언은 여러모로 재고를 요한다. 어찌 보면 i 자체가 시라고 해도 과언이 아닐 텐데, 갑자기 i 없는 시 쓰기라니? 이걸 어떻게 받아들여야 할까?

*

불가능한 명제이기도 한 i 없는 시 쓰기는 그 불가능성 때문에 계속해서 생각할 거리를 남기고 또 쓸 거리를 남긴다. 이쯤에서 i가 애초에 어떤 극에 달한 내면 풍경과 어울리는 존재였다는 걸 상기하자. 전작인 『i에게』에서 i가 어떤 극에 달한 내면 풍경을 위해 불러낸 존재였다면, 이후에 기대할 수 있는 바는 i와 더불어 극단을 이루는 그 풍경이 어떻게 변모하면서 진화하는가에 놓인다. 더 엄밀하게는 극단의 내면 풍경을 이루는 시적 사유가 어떤 변화와 갱신을 보이는가에 놓일 것이다.

『i에게』 이후 5년이 지나 출간되는 이번 시집에서도 극에 달한 내면 풍경의 사례는 아래와 같이 어렵잖게 발견된다.

그녀는 성냥을 한 장 사진의 꼭짓점에 가져다 대었다
불이 붙었다 세 장의 사진을 불 속에 던졌다 열 장의 사진
스무 장의 사진 혼자서 찍은 사진 모두 함께 찍은 사진 들
이 불길 속에서 그녀의 얼굴들이 불길 속에서 일그러졌다
아기였던 얼굴 청년이었던 얼굴 면사포를 쓴 얼굴 눈을 감
은 얼굴 들이 불길 속에서 잠시 환했다가 금세 검은 재가
되었다 얼굴이 지워졌을 뿐인데 생애가 사라지는 것 같군
사라지는 걸 배웅하는 것 같군 불길 같은 이런 기쁨 조용
하게 출렁이는 이런 기쁨 정성을 다해 추락하는 황홀한 기
쁨 검정 같은 깨끗한 기쁨 불 속에서는 재가 된 것과 재가
되기를 기다리는 것 두 가지만 남겨져 있었다 입에는 말이
들어 있지 않았으나 눈에는 불이 담겨 있었다 주문진의 바
다와 노고단의 구름과 비둘기호의 창문 바깥이 차례차례
깨끗하게 타들어갔다 사진에 담아보았을 리 없는 그녀의
작은 미래가 빨간 불씨처럼 남아 있었다 그 불씨들마저 꺼
졌을 때 완전한 암흑이 찾아왔다 그녀가 오래 기다려온 장
면이었다 그 속에서 그 안을 다 볼 수 있을 때까지 온기마
저 모두 사라질 때까지 혼자 남았다는 것을 더 이상 모른
척할 수 없게 되었을 때까지 앉아 있었다 그녀는 남은 성
냥을 호주머니에 넣어두었다

—「분멸」 전문

앞서 인용한 「i에게」에서 화자 혼자서 거울을 보며 머리카락을 태우는 것과 비슷하게 "그녀" 혼자서 성냥으로 자신이 들어간 사진들을 태우는 장면이 먼저 보인다. 그녀가 태우는 "열 장의 사진 스무 장의 사진" 모두 자신의 인생에서 한때의 기억을 담고 있는 소중한 기록물일 텐데, 그것들을 태우면서 내뱉는 말이 이상하면서도 낯익다. 불길 속에서 한때의 얼굴이 지워지고 한때의 생애가 사라지고 있는 와중에도 "불길 같은 이런 기쁨 조용하게 출렁이는 이런 기쁨 정성을 다해 추락하는 황홀한 기쁨 검정 같은 깨끗한 기쁨"이라는 말로 소감을 붙인다. 언뜻 어울리기 힘든 불길과 기쁨, 추락과 기쁨, 검정과 기쁨을 한 덩어리처럼 처리한 표현은 "머리카락이 [……] 타오르는 소리를 조용히 음미했다. 마음에 들었다. [……] 끝까지 울어보았고 끝까지 웃어보았다. 너무 좋았다"(「i에게」)라는 발언을 그대로 되받아서 들려주는 것 같다. 이처럼 의미상 부정적인 것과 긍정적인 것이 공존하는 감정은 화자의 내면 상태가 그만큼 극단적으로 몰려 있다는 것을 역설적으로 웅변한다.

극에 달했다고밖에 달리 표현할 길이 없는 이 감정의 주인공 앞에서 시는 하나의 사물을 더 제시하면서 국면을 전환한다. 바로 '재'이다. 타오르는 "불 속에서" 이미 "재가 된 것"과 앞으로 "재가 되기를 기다리는 것", 이 두

가지를 함께 제시하면서 다른 생각거리를 남기는 것이다. 불이 꺼지지 않는 이상 모든 것이 타들어갈 것이 뻔한 상태인데, 그래서 모든 것이 재가 될 것이 불 보듯 뻔한 상황에서도, 새삼 "재가 되기를 기다리는 것"으로 아직 남아 있는 잔여물의 존재감을 일깨운다. 사진에 담긴 모든 기억이 재가 되어가는 와중에도 아직 재가 되기를 기다리는 것이 있음을 포착하는 시선은 미련이나 주저함에서 비롯되는 시선이 아닐 것이다. 그녀는 여전히 단호하다. 비록 사진 몇십 장을 태우는 일일지라도 남아 있는 기억을 깡그리 지워버리는 일에 미련이나 주저함이 따라붙는 것은, 앞서 '조용히 미침'의 세계에 도달했던 「i에게」의 화자로 짐작건대 기대할 바가 못 된다. 다만 그렇게 단호하게 지우고 삭제하는 와중에도 남아 있는 것이 아직도 있고 앞으로도 있을 거라는 사실을 문득 발견하면서, 극에 달한 한 인물의 내면 풍경도 조금은 달라질 수 있는 여지를 남긴다.

가령 "사진에 담아보았을 리 없는 그녀의 작은 미래가 빨간 불씨처럼 남아 있었다"라는 문장은 일차적으로 미래의 사진이자 기억까지 다 재로 돌아갈 것임을 암시한다. 그런가 하면 이상하게 "빨간 불씨"라는 말이 아직 꺼지지 않은 미래의 씨앗처럼 들리기도 한다. 미래의 씨앗에 해당하는 "그 불씨들마저 꺼졌을 때"가 "완전한 암흑"으로서의 개인의 종말이자 세계의 종말을 이른다면,

그러한 씨앗들이 여전히 남아서 불씨를 피우고 있는 상황을 어떻게 받아들여야 할까? 물론 '희망의 씨앗'처럼 막연한 낙관이나 전망을 담은 수사적 장치는 아닐 것이다. 불씨는 불씨다. 꺼지기 전까지 불씨는 불씨로 남아서 어떤 지속적인 상태를 이룬다. 그래서 남은 불씨마저 꺼진 "완전한 암흑"은 그녀가 그토록 "오래 기다려온 장면"이면서, 불씨가 꺼지지 않는 한 계속해서 유예될 수밖에 없는 시간을 예고한다. 삶이 끝나지 않는 이상 계속해서 유예되는 것이 죽음이듯이, 무엇이든 완전히 끝나기 전까지는 '끝'이라는 말을 아무리 달고 살아도 끝은 계속 유예된다. 끝나지 않은 끝이 계속되면서 끝을 향해 가는 것. 그것이 한 사람의 인생이고 기억이고 또 세계라고 한다면, 마지막에 가서 "그녀는 남은 성냥을 호주머니에 넣어두었다"로 진술된 문장은 무엇이든 태워서 끝내고 싶은 욕망과 그럼에도 좀체 끝나지 않는 삶의 불씨를 이중적으로 받는 표현에 가깝다.

기실 극단의 상태에 이르러서는 하나의 감정만 존재하는 것 같지만, 하나의 감정으로 다 아우를 수 없는 여러 갈래의 감정이 뒤섞여 있거나 뒤엉켜 있다고 봐야 하지 않을까. 예컨대 "두려움의 뒤를 따라/반가움이 함께 오고" "무언가를 죽이고 싶은 마음을/죽이고 싶"(「저작」)은 마음이 한꺼번에 오는 것 아닐까. 어쩌면 이 모든 뒤섞임의 마음과 뒤엉킴의 감정이 생겨난다는 것 자체가 아직은 끝을 보지 못했다는 방증이지 않을까. 끝이 아니기에 아직도 남아 있는 것들이 보이고 앞으로도 남아 있을 것들이 보이면서 잔여물 같은 생각을 계속 남기는 것 아닐까. 부유물 같은 생각이 계속 남아서 가라앉지 않은 상태로 끝을 얘기하는 사례가 이번 시집에서 유독 많이 보이는 것*도 하필이면 그것이 끝에 걸린 사유이기 때문이지 않을까.

어둠에 대해 말했다면
어둠을 끝까지 노려보며 쓰기를 바라면서

나는
그렇게 하지 않는다
그렇게 할 수 없어서는 아니다

이미 내가 어둠이 되었기 때문이다

* 가령 이런 대목들을 예로 들 수 있겠다. "죽은 벌레들과 죽은 이파리들과 죽었다고도 살았다고도 볼 수 없는 열매들과 잡초가 아닐지도 모르는 잡초들을 그녀는 솎아내야겠구나 했다 이것들은 모두 어디에서 오는 것일까 하며 이토록 오고도 또 오는 것일까 하며 솎아낸 이후에도 끝없이 오게 될 것을 알면서"(「필로티 주차장」), "끝나지 않을 문장을 쓰고 끝없이/끝을 지나쳐 가느라/나는 바쁘다"(「더 잘 지운 날」), "폭설이 그쳤다/그 많던 발자국이 전부 지워졌다//레일만 남겨져 있었다/내가 앉았던 의자도 함께 남겨졌다"(「에필로그」).

끝까지 갈 때마다 끝은 없다 끝을 번번이 지나친다 끝
은 사라질 수밖에 없다 '끝까지'라는 것은 끝에 대하여 상
상을 하고 있을 때에나 가정할 수 있을 뿐, 그럴듯하기만
하고 그럴 리는 없는

　　순진하고 어여쁜 소꿉놀이

　　　　　　　　　──「식량을 거래하기에 앞서」 부분

"이미 내가 어둠이" 될 정도로 지극한 어둠에 들어서
도 어둠에는 끝이 없다. 어디 어둠뿐일까. 끝을 상정하는
모든 것에 사실상 끝이 없음을, 기껏해야 상상으로만 존
재하는 것이 끝(이라는 개념이자 관념)임을, 이걸 모르고
서 끝을 얘기한다는 것 자체가 "순진하고 어여쁜 소꿉놀
이"임을 역설하는 장면이다. 이렇게 자신 있게 끝에 대
해서 말할 수 있는 근거는 논리에 기대어 찾을 수도 있
지만, 적어도 이 시의 화자는 다른 것에 기대어 말할 것
같다. "그 속에서 그 안을 다 볼 수 있을 때까지 온기마
저 모두 사라질 때까지"(「분멸」) 어둠(암흑)을 겪은 뒤에
도 여전히 남아 있는 불씨(성냥)를 경험해야 했듯이, "암
막 커튼을 닫아도/실내에 남은 빛"과 "별빛이 새어들어
미량의 빛이/벼랑 끝에 카펫처럼 걸쳐 있"는 것을 체험
으로 알게 된 자는 그리 쉽게 '끝'을 말할 수가 없을 것
이다. 오히려 끝을 부정하는 방식으로, 끝에서 다시 끝이
아닌 것을 말하는 방식으로, 한없이 끝을 유예하는 방식

으로, 끝을 불러낼 것이다. 미량의 빛이 남아 있는 벼랑 끝으로 "까마귀처럼" "날아가 앉는"(「식량을 거래하기에 앞서」) 방식으로 시선을 움직일 것이다. 거기서 내다보이는 것은 끝이면서 여전히 끝이 아닐 것이다.

*

이쯤에서 정리를 하고 넘어가자. 전작에서 i를 통해 극에 달한 내면 풍경을 첨예하게 보여주었다면, 이번 시집은 그와 같은 극단의 내면 풍경이 끝날 때까지 끝나지 않는 도정 속에 놓여 있음을 보여준다. 끝날 때까지 끝나지 않는 풍경은 한없이 넓은 배경을 거느린 풍경이면서 한없이 깊은 바닥을 거느린 풍경일 것이다. "슬퍼하다 보면/한 겹 더 아래의 슬픔으로 깊숙이/축축한 발을 들여놓게 되는/슬픔"(「2층 관객 라운지 같은 일인칭시점」)처럼 깊이를 알 수 없는 층위를 전제하고서야 비로소 말해질 수 있는 끝에 대한 사유는, 한두 마디 말로 다 해질 수 없는 동시에 한두 마디 말로 다 해질 수 없는 상황을 받는 어떤 이미지를 기어이 찾아간다. 아니, 여러 말에 담겨 흩어지기 바빴던 이미지들이 어느새 하나의 이미지로 응결되는 순간이 기어이 찾아온다. 헤매듯이 이것저것 더듬는 사유의 과정 끝에 자연 발생적으로 생겨나는 그 이미지가 한 권의 시집을 떠받치는 핵심 이미지로 부상하는 순간, 비로소 한 권의 시집은 특이점을 가진 세계로 진입할 수 있다.

김소연의 이번 시집에서는 핵심 이미지에 해당하는 그것이 '밤'이다. 단순히 시집 제목에 '밤'이 들어가서도 아니고, '밤'이라는 단어가 시집 전반에 걸쳐 엄청난 빈도수를 보이며 등장해서도 아니다. 앞서 얘기해온 '끝'에 대한 사유도, 거기서 더 가지를 뻗어가는 얘깃거리도 모두 '밤'이라는 이미지에 촘촘히 엮여 있기 때문이다. 촘촘히 엮여서 하나씩 끈을 풀듯이 풀어나가야 하는 밤을 아래의 시에서 만나보자.

나를 숨겨주는 밤 더 많은 나를 더 깊이 은닉해주는 밤 두 손을 둥그렇게 모아 입가에 대고서 들어주는 사람이 여기에 있다고 소리치고 싶은 밤 과즙처럼 끈적끈적한 다짐들이 입가에서 흘러내리는 밤 모든 게 녹고 있는 밤 누군가가 가리키는 과거가 미래라는 지당한 말에 고개를 끄덕였다가 누군가가 가리키고자 하는 미래가 과거라는 것을 눈치챘다가 미래가 더 이상 미지가 아님을 증명해보는 밤 걸어가보는 밤 모르는 데까지 돌아올 수 없는 데까지 상상도 못 해본 데까지 가는 밤 [……] 발자국이 찍힌 눈 위에 또다시 눈이 내리는 일처럼 있는 것을 없다고 하기 정말 좋은 말 일괄 소등 버튼을 누르면 모든 것이 검정 속으로 사라질 것 같은 밤 모서리로 밀려나는 밤 가속이 붙는

밤 귀한 것들을 벼랑 끝에 세워둔 것처럼 기묘하고 능청스
러운 밤 벨벳 같은 부드러움을 한껏 가장하는 밤 단 한 순
간도 고요가 없는 지독히도 와글대는 밤 무성해지는 밤 범
람해지는 밤 꿈이 얼씬도 하지 못하도록 눈을 부릅뜨고 누
워 있기 푸른얼음처럼 지면서 버티기 열의를 다해 잘 버티
기 어둠의 엄호를 굳게 믿기 온갖 주의 사항들이 범람하는
밤에게 굴하지 않기

—「푸른얼음」 부분

정말 많은 밤이 등장하는 밤의 시이다. 여기에 담긴
밤의 성격이 모든 밤의 성격이라고는 할 수 없겠으나,
어지간히 밤을 생각하지 않고서는 나올 수 없는 밤의 풍
경과 사유가 깊고도 두텁게 덧칠된 채로 등장한다. 하나
씩 짚어보자면, 우선 밤은 "나를 숨겨주는 밤"이면서 "더
많은 나를 더 깊이 은닉해주는 밤"이다. 어둠으로 덮인
밤은 그 어둠 때문에 많은 것을 숨길 수 있다. 거기에 내
가 더 많이 더 깊이 숨을 수 있다는 발언은 그래서 수월
하게 이해된다. 인용에 담지 못한 "신뢰할 만한 인상에
걸맞은 사람은 되고 싶지 않은 밤 되고 싶지 않음이 오
롯해지는 밤" 역시 같은 맥락에서 수긍이 간다. 나를 숨
길 수 있기에 사회적인 기대치를 벗어나는 나 역시 밤에
들어서야 오롯이 표를 낼 수가 있다.
　표 나지 않게 표를 낼 수 있는 나의 밤은 한편으로 "모

든 게 녹고 있는 밤"이기에 과거도 미래도 구분 없이 녹여내면서 결과적으로 "미래가 더 이상 미지가 아님을 증명해 보"인다.* 끝에 이르러서도 매번 끝이 아님을 경험한 이로서는 미래 역시 미지로 다가오기보다 이미 겪어봤던 과거의 연장으로 다가올 것이다. 미래라고 해서 별것이 없는 상태. 아직 모르는 것도 이미 보아버린 듯한 상태. 그래서 "모르는 데까지 돌아올 수 없는 데까지 상상도 못 해본 데까지" 이미 다 걸어가본 듯한 상태가 다시 밤을 이른다면, "발자국이 찍힌 눈 위에 또다시 눈이 내리는 일처럼" 이미 있는 것조차 원래 없는 것으로 돌려세우면서 결과적으로 아무것도 없(었)음을 환기하는 밤도 충분히 가능하다. 그것의 극단에 "모든 것이 검정 속으로 사라질 것 같은 밤"이 놓여 있음은 물론이다. 다만 매번 끝이 아닌 끝을 체험한 입장에서는 모든 것이 사라지는 지경이 아직은 상상 속의 일이라는 것. 모든 것을 다 지우는 밤이 오기 전에 목도하고 경험해야 하는 밤도 그래서 시끄럽게 들끓는 밤이다. "단 한 순간도 고

---

* 참고로 이번 시집에는 미래를 미리 겪어내거나 이미 겪은 일처럼 처리한 표현이 유독 많이 보인다. "~~미리 미래에 가서 목도하고 싶은 진실을 미리 마주하는~~/꿈"(「내가 시인이라면」), "추억을 미래에서 미리 가져와/더 풀어놓기도 한다"(「촉진하는 밤」), "기다렸다기보다는 일어난 일이 또 일어날 것이라 여겼다"(「접시에 누운 사람」), "쟁한 하늘 뽀얀 구름 위에서/그 속을 기어이 뒤져 내일을 저작한다"(「칠월」) 등을 예로 꼽을 수 있다.

요가 없는 지독히도 와글대는 밤"이 현실의 밤이고 일상의 밤인 것이다. "무성해지"면서 "범람해지는" 이런 밤을 견딜 수 없고 이길 수 없다면, "푸른얼음처럼 지면서 버티기"밖에 도리가 없을 것이다.

그런데 왜 "푸른얼음"일까? 시간이 지나면 녹기 마련인 게 얼음이고 그래서 결과적으로 질 수밖에 없는 운명을 못 벗어나지만, 그것에 '푸른'이라는 빛깔이 부여되면서 얼음은 단순히 지기만 하는 존재가 아니라 지더라도 버티면서 지는 존재가 된다. 푸른색에서 연상되는 서늘한 의지나 권능 같은 것이 추가로 느껴지는 대목이기도 하다. 뒤이어 나오는 "어둠의 엄호"라는 표현도 "푸른얼음"에서 감지되는 어떤 권능이 전제되기에 가능한 수사라고 짐작된다. 숙명적으로 지는 것이 예정된 수순에서도 마지막에는 어떤 권능의 존재에 기대는 것, 그것의 엄호를 믿는 것, 그러면서 잘 버티겠다는 의지를 다지는 것이 시의 말미에 가서 한꺼번에 읽힌다. 와중에도 군더더기처럼 따라붙는 "온갖 주의 사항들"과 그것들이 "범람하는 밤에게 굴하지 않"는 것으로 다짐을 끝맺는 것도 자연스럽다.

마지막에 가서 모종의 의지를 피력하는 밤의 시는 그 의지를 중심으로 조금 더 할 얘기를 남겨놓는다. 얘기를 이어가기 전에 참고할 것이 있다. 밤/어둠과 대척점에 놓이는 낮/햇빛의 시가 그것이다. 밤에 범람하는 "온갖

주의 사항"이라는 것도 따지고 들면 낮의 세계에 기반한
주의 사항이자 낮의 논리에서 연장된 지침일 가능성이
높다. 그러니 밤을 더 얘기하기 위해서도 낮을 들여다보
는 시간이 잠시 필요하겠다.

　　너는 마침내 녹을 거야
　　증발할 거야 사라질 거야
　　갈망하던 바대로
　　갈망하던 바대로

　　[……]

　　다음 날이 태연하게 나타난다
　　믿을 수 없을 만치 고요해진 채로
　　정지된 모든 사물의 모서리에 햇빛이 맺힌 채로
　　우리는 새로 태어난 것 같다

　　어제와 오늘
　　사이에 유격이 클 때
　　꿈에 깃들지 못한 채로 내 주변을 맴돌던 그림자가
　　눈뜬 아침을 가엾게 내려다볼 때

　　시간으로부터 호위를 받을 수 있다

시간의 흐름만으로도 가능한 무엇이 있다는 것

참 좋구나

우리의

허약함을 아둔함을 지칠 줄 모름을

같은 오류를 반복하는 더딘 시간을

이 드넓은 햇빛이

말없이 한없이

북돋는다

─「촉진하는 밤」 부분

    제목에 '밤'이 들어간 것과 별개로 일정 부분이 '낮'
에 할애된 시이다. 인용한 부분만 놓고 봤을 때, 이 시에
등장하는 낮은 단일한 의미로 환원되지 않고 묘하게 갈
라지는 성격을 보인다. 먼저 "너는 마침내 녹을" 것이고
"증발할" 것이고 "사라질" 것이라면서 "갈망하던 바대
로"를 덧붙인 대목은 앞서 "완전한 암흑이 찾아왔다 그
녀가 오래 기다려온 장면이었다"(「분멸」)라는 진술의 연
장선에 놓인다. 한 사람의 소멸을 미리 내다보면서 그것
이 당사자에게 "오래 기다려온 장면"이자 "갈망하던" 순
간임을 일깨우는 시간은 밤이다. 기나긴 밤의 한가운데
서 소멸에의 인식이 극에 달했을 때 나올 법한 저와 같
은 발언은, 시간이 흘러 아침이 오고 "정지된 모든 사물

의 모서리에 햇빛이 맺"히면서 취소된다. 아니 묻힌다. 폭풍의 밤이 지나고 언제 그랬느냐는 듯이 태연하게 아침이 찾아오는 것과 마찬가지로, 밤사이 극에 달한 내면의 풍경 역시 사물의 모서리마다 맺히는 햇빛에 고요히 묻히는 것이다. 도무지 견딜 수 없는 밤도 어떻게든 견디기만 한다면 다음 날이 오고 아침이 오고 덕분에 우리는 매일 "새로 태어난"다. 그때까지 견뎌야 하는 것은 물론 시간이다. 시간은 냉정하게도 시간을 견디는 자에게만 "시간으로부터 호위를 받을 수 있"고 "시간의 흐름만으로도 가능한 무엇이 있다는 것"을 알게 해준다.

'이 또한 지나가리라'라는 교훈이 자연스럽게 연상되는 저 대목만 부각되었다면 위의 시는 매우 간편하게 읽히고 끝날 것이다. 문제는 "좋구나" 하고 맞장구를 친 다음에 있다. "우리의/허약함을 아둔함을 지칠 줄 모름을/같은 오류를 반복하는 더딘 시간을/이 드넓은 햇빛이/말없이 한없이/북돋는다". 언뜻 봐서는 고통스러운 밤의 시간을 잘 견딘 이들을 위한 격려처럼 읽히지만, 꼼꼼히 뜯어보면 그러한 격려를 비웃듯이 뒤집는 의미가 도드라진다. 문장 그대로 보자면, 햇빛은 우리의 허약함과 아둔함과 지칠 줄 모름을, 그리고 동일한 오류를 반복하는 시간을 '물러가게 하는' 것이 아니라 오히려 '북돋는' 역할을 한다. 그럴듯한 교훈이 될 만한 시의 마무리가 이상하게 헝클어져버리는 사태를 초래하는 저 문장이 제대로 음미되려면, 밤과 대비되는 낮의 성격과 햇빛의 의미가 다시 설정되어야 한다.

햇빛이 장악하는 낮에는 생성의 의미도 담길 수 있고 ("우리는 새로 태어난 것 같다") 생활이나 일상의 의미도 담길 수 있지만, 바로 위에서 짚은 것처럼 어리석음과 오류와 거짓을 북돋는 의미가 담길 수도 있다. 가령, "낮새/네가 키우던 알로카시아는 새잎을 만들었다/낮새 비가 내렸다//이것 좀 봐!/죽은 줄 알았는데!"(「백만분의 1그램」)가 낮이 지닌 생성의 의미를 일깨운다면, "그런 곳에도/매일 아침 출근을 하는 가이드가 있습니다/나 같은 사람들이 매일같이/이 묘비를 찾아오고 있다 하네요"(「꽃을 두고 오기」)에서는 아침마다 출근하는 사람의 생활을 환기한다. 그런가 하면 "땡볕이/내 옆에 앉아 있다//빨래가 마르면/빨래를 개야지"로 일상을 환기하는 햇빛 이미지가 "따가운/거짓말을 지우러/느릿느릿 밤이 찾아온다"(「더 잘 지운 날」)에 이르러서는 거짓말을 양산하는 이미지로 변모한다.

이때 거짓말을 지우러 오는 존재가 밤이라는 점에서 낮과 이항 대립하는 위치에 밤을 놓는 것이 지당해 보이지만, 이 또한 손쉬운 독해가 조장하는 대립 구도일 수 있다. 낮/햇빛이 이미 단일한 의미로 파악할 수 없는 성격을 거느린다면, 그 안에 수많은 의미가 켜켜이 쌓여 있는 밤/어둠 역시 낮/햇빛과 단순히 대척점에 놓이는 관계로만 보기 힘들다. 단순하게 이항 대립하는 구도는 끝에서 끝이 아닌 것을 매번 목격해온 이의 시선에 부응하기 힘들다. 끝에서 끝이 아닌 것을 매번 체험해온 입장에서는 극단의 정서까지 포함하여 온갖 정서가 범벅된 '끝'을 단순히 점이나 선으로 보는 것이 아니라 어떤 지대로서 느낀다. (지향)점으로 표상되는 단일한 관념이나 (경계)선으로 표상되는 이쪽과 저쪽의 대립 구도를 존중하는 동시에 보잘것없는 것으로 만드는 곳에 어떤 지대가 있다. 함부로 넓이와 깊이를 잴 수 없는 그 지대를 통과하면서 극단을 향한 정서도 이쪽과 저쪽을 가르는 사유도 과감히 뿌리치는 동시에 너끈히 껴안을 수 있는 여력을 얻는다. 끝났다고 생각하는 지점에서도 다시 생겨나는 끝이 여력을 만들고 의지를 만들고 또 믿음을 만든다. 이 믿음을 받아주는 곳에 다시 '밤'이 있다. '푸른얼음'처럼 모종의 권능을 지닌 밤이 마지막으로 기다리고 있다.

*

이번 시집에서 밤은 하나의 극점을 넘어, 일종의 경계선이 되는 것도 넘어, 어떤 거대한 지대를 향해 가는 끝의 의미를 품는다. 말 그대로 끝이 안 보이는 어떤 지대를 통과하면서 만날 수 있는 밤은 당연하게도 낮의 거짓말을 지우는 역할에만 한정되지 않는다. 오히려 너무 많은 생각과 말이 돌아다니고 서성이는 광경으로 우리에게 온다. "너무 많은 속엣말이 한밤중으로 먹구름처럼 한꺼번에 몰려"오는 것이다. "해서는 안 되는 말들과 하나 마나 한 말들"과 "했으면 좋았을 말들과 꼭 하겠다고 다짐해온 말들이 어지럽게" 몰려와서 배회할 때 누군가는 그것을 받아쓰기하듯 종이 위에 옮길 것이다. 그러나 "종이 위에 안착하자마자 눈송이처럼 녹아 사라지"(「비좁은 밤」)는 그 말들의 광경은 말의 전부가 글로 안착할 수 없음을 절감케 한다. 글쓰기의 한계이자 언어 자체의 한계를 일깨우는 저 대목에서 한 가지 더 절감해야 하는 것이 있으니 바로 진실의 한계. 언어로 다뤄질 수밖에 없는 진실의 한계. 언어로 다뤄지는 데 한계가 있을 수밖에 없는 진실은 그래서 종종 부재의 형상을 띤다.

그는 그가 쓰다듬고 있는 그것이 무엇인지
끝내 알려주지 않았다

밤새 웅크려 그것을 어루만지다 웅크린 채
앉아서 잠들었다
20여 년을, 50여 년을 밤마다 그렇게 했다

그것을

나는 전해 듣기만 했을 뿐

본 적 없다

그가 돌아오지 않았다는 이유만으로

나는 그 이야기를 믿을 수 있다

─「내리는 비 숨겨주기」 부분

"20여 년을, 50여 년을 밤마다" 그가 쓰다듬고 어루만
지던 그것은 끝내 무엇인지 알려지지 않는다. 끝내 실체
가 드러나지 않는 그것과 마찬가지로, 그 역시 두 번 다
시 나타나지 않는 방식으로 존재감을 일깨우며 믿음을
준다. 그도 그것도 드러나지 않기에 오히려 믿음을 준다
는 인식은, 언어화되지 않는 것이 믿음의 전제 조건("그
는 그러나/자기 이름조차 나에게 알려주지 않았다/나는 그
래서 그의 이야기를 조금 더 믿을 수 있다", 「내리는 비 숨
겨주기」)이자 진실의 성립 조건임을 환기한다. 설령 언
어화되더라도 부재하는 형상으로 진실을 그려낼 수밖에
없음을 일깨우는 대목이기도 하다. 이처럼 진실이 필연
적으로 부재의 형상을 띤다고 해서 그것이 곧 진실의 부
재를 지시하는 것은 아니다. 진실을 마치 눈앞에 현현한
것처럼 표현하는 온갖 허구적 수사를 거부하는 차원에
서 진실은 계속 부재하는 형상으로 도드라질 것이다.

진실의 부재를 발견하기 위하여. 부재를 부재로 내버려
두기 위해서가 아니라 허구의 손쉬움을 거부하기 위하여.
오직 두려움을 위하여. 두려움이 없는 두려움을 두려워하
며.

—「내가 시인이라면」 부분

진실이 손쉽게 말해질 수 없는 것과 반대로, 허구에
빠지는 일은 의외로 쉽고도 흔하다. "내가 시를 쓰는 동
안 내가 기다리던//그 사람이 나에게 왔다/그리고 자기
집으로 돌아갔다/나는 시를 쓰느라 미처 몰랐을 뿐이었
다"(「올가미」)에서 엿보이듯, 누군가를 기다리는 시를 쓰
는 동안 기다리는 그 누군가가 막상 찾아오더라도 시 쓰
기에 빠져서 미처 몰라보는 사태는, 진실을 추구하는 일
이 얼마나 손쉽게 허구의 함정에 빠질 수 있는지를 정확
히 예시한다. 내가 추구하는 진실이 언제든지 허구의 허
방에 빠질 수 있다는 각성에서 두려운 감정이 발생한다.
내가 추구하는 진실이 "허구의 손쉬움"으로 대체되는 것
을 누구보다 내가 모를 수도 있다는 각성에서 "두려움이
없는 두려움을 두려워하"는 감정이 생긴다.

이 두려움을 계속 간직하기 위해서도 필요한 것이 의
심이다. 진실에의 의심이자 허구에의 의심이다. 의심은
만족을 모른다. 영원히 만족하지 않기 위해서 의심을 거
두지 않는 자는 어떤 끝에 이르러서도 그것이 끝이 아님

을 인식하면서 끝을 유예한다. 유예하면서 내다본다. 끝
에서 끝을 내다보기. 끝 너머에 또 끝이 있음을 전제하
는 저와 같은 태도는 불가지론자의 신념과는 다르다. 끝
을 믿되 손쉽게 말할 수 없는 끝을 믿으면서, 궁극의 끝
을 향하는 길에 만나는 숱한 끝을 존중하되 맹신하지는
않으면서, 하루하루의 끝을 누구보다 오래 붙들고 말하
는 자가 어쩌면 시인일 것이다. 김소연 시의 숱한 밤을
지나오는 과정에서 고비마다 보였던 시인의 모습도 그
러했다.